Tick Tack Tot

Tom Llewellyn war als Fachjournalist und Texter tätig und ist Mitbegründer des Guerilla-Kunst-Projekts »Beautiful Angle«. Ebenso hat er »Rotator« miterfunden, ein vierteljährliches Magazin über Kunst, Musik und Design. Tom lebt mit seiner Frau und vier wilden Kindern in Tacoma, Washington.

Mehr über unsere Bücher, Autoren und Illustratoren auf:
www.thienemann.de

Llewellyn, Tom:
Tick Tack Tot
978 3 522 20225 1

Aus dem Amerikanischen von Nina Scheweling

Covergestaltung: bürosüd° GmbH
Innentypografie: Kadja Gericke
Reproduktion: Digitalprint GmbH, Stuttgart
Druck und Bindung: CPI Books GmbH, Leck

FSC www.fsc.org MIX Papier aus verantwortungsvollen Quellen FSC® C083411

Published by Arrangement with Tom Llewellyn

Dieses Werk wurde vermittelt durch die Literarische Agentur
Thomas Schlück GmbH, 30827 Garbsen

TICK TACK TOT

TOM LLEWELLYN

THRILLER

Aus dem Amerikanischen von Nina Scheweling

THIENEMANN

KAPITEL 1

Ich war gerade von der Schule nach Hause gekommen, als Nadel auf meinem Handy anrief und mich fragte, ob ich eine Uhr für ihn abholen könne. Mom schlief noch. Sie würde das Auto erst heute Abend brauchen, um zur Arbeit zu fahren. Also nahm ich die Schlüssel ihres Jeeps und machte mich auf den Weg zu Nadels Uhrenladen.

Nadel saß in seiner Werkstatt hinter dem Verkaufsraum. Er hatte eine dicke Uhrmacherlupe um den fast kahlen Kopf gebunden, beugte sich über einen Schraubstock und feilte eine Kerbe in einen bleistiftgroßen Eisenstab. Es roch nach Eisenspänen und Maschinenöl.

»Bist du das, Seth?«

»Hey, Mr Nadel. Woran arbeiten Sie?«

»An einer alten Waltham Uhr. Achttagewerk. Lohnt sich eigentlich nicht mehr, sie zu reparieren, aber die Besitzerin meint, die Uhr besäße für sie sentimentalen Wert.« Nadel lebte seit über 40 Jahren in den Staaten, sprach aber immer noch mit unverkennbar deutschem Akzent. »Für sie hat die Uhr Liebhaberwert, für mich bedeutet die Reparatur genügend Geld für die Miete.«

»Wo soll ich die Uhr abholen?«

»Die Adresse liegt da drüben auf der Werkbank, bei der Bohrmaschine.«

Ich fand einen Zettel mit dem Namen Lear und einer Adresse in Old Town. Eine noble Gegend.

Nadel sah mich mit zur Seite geneigtem Kopf an. »Ihr Dienstmädchen hat angerufen. Das sind stinkreiche Typen, also benimm dich ja anständig.«

Ich verließ den Laden wieder und stieg ins Auto. Nadel bezahlte mir zwanzig Mäuse, wenn ich eine kaputte Uhr abholte oder eine reparierte wieder zurückbrachte. Es war leicht verdientes Geld. Er fuhr nicht gern Auto, deswegen bezahlte er lieber jemanden dafür, obwohl er ansonsten ein schrecklicher Geizhals war. Ich steuerte den Wagen auf den Heath Way, bog kurz vor der Highschool links ab und folgte der Tacoma Avenue am Tennisclub vorbei.

Das Haus der Lears befand sich ein ganzes Stück von der Straße zurückgesetzt. Der Rasen vor dem Haus war so groß, dass ein kleines Flugzeug darauf hätte landen können, und überall standen Wasserspiele und Statuen von spielenden Kindern herum. Sie wirkten so lebensecht, als würden tatsächlich Kinder auf dem Rasen spielen, nur ohne den lästigen Lärm.

Ich ging die gefühlt hundert Stufen zur Veranda hinauf, hob den schweren Türklopfer der Eingangstür und ließ ihn auf die Metallplatte fallen. Eine Frau mit lateinamerikanischen Zügen und in einer gestärkten weißen Uniform öffnete die Tür.

»Bist du wegen der Uhr hier?« Ihr Akzent war mexikanisch, aber nicht wie man ihn in billigen Taco-Restaurants zu hören bekam, sondern in einer etwas gehobeneren Version.

»So ist es.«

Sie bedeutete mir, einzutreten. »Bitte.«

»Danke.« Nachdem wir die Freundlichkeiten ausgetauscht hatten, durchquerte sie eine Eingangshalle von der Größe einer Turnhalle. Das Echo ihrer Schritte verhallte in einem entlegenen Flur und ich hoffte, dass sie irgendwann an diesem Tag noch einmal zurückkommen würde.

Ich sah mich um. Die Decke musste etwa sechs Meter hoch sein. Ein riesiger Kristallleuchter hing auf halber Höhe, aber das einzige Licht kam aus einer bogenförmigen Tür, die in einen anderen Raum führte. Im Türrahmen bemerkte ich plötzlich das Gesicht eines Mädchens. Ich konnte nur ein Auge und einen Wasserfall aus braunen Haaren erkennen, aber wenn der Rest des Gesichts dazu passte, sah sie ziemlich süß aus.

»Nettes Haus hast du da«, sagte ich in Richtung Tür.

Das Mädchen trat hervor. Sie war genauso hübsch, wie ich sie mir vorgestellt hatte. Sie trug ein schwarzes Tanktop und einen kurzen Jeansrock, und ihrer Figur sah man an, dass sie sich in schicken Fitnessclubs und beim Tanzen mit Eliteschülern fit hielt. Ich hatte sie schon einmal an der Schule gesehen – sie gehörte zu dem Typ Mädchen, den man nicht mehr vergisst –, aber ich kannte ihren Namen nicht. Sie hing mit den anderen Reichen ab. Wenn ich mich richtig erinnerte, verbrachte sie viel Zeit am Arm von Erik Jorgenson, einem der beliebtesten Typen der Heath High.

»Ja, total gemütlich«, antwortete das Mädchen mit einer Stimme, die überraschend rau klang. »Es ist so groß und leer, dass man sein eigenes Echo hören kann. Ich würde jederzeit mit dir tauschen.«

»Das bezweifle ich, wenn du wüsstest, wie meine Wohnung aussieht.«

»Wo wohnst du?«

Ich musste lachen. »Das verrate ich dir nicht. Den Leuten in diesem Teil der Stadt kann man nicht trauen.«

»Du wohnst nicht wirklich in einer Wohnung, oder?«

»Du sagst *Wohnung*, als wäre es etwas exotisches. Es ist ein Zimmer mit einem Bett drin.«

»Klingt ziemlich gefährlich. Sag mir wo.«

Ich gab nach. »Du steigst in Daddys BMW und fährst die K Street runter bis zur Kreuzung Division Street. Ab da heißt die Straße Martin Luther King Jr. Way, daran erkennst du, dass du in meinem Teil der Stadt angekommen bist. In deinem Teil könnten sie eine Straße nicht so nennen, das würde sich negativ auf die Immobilienpreise auswirken. Du fährst weiter, am Pfandleihgeschäft vorbei, und kurz darauf siehst du ein großes rotes Schild mit der Aufschrift *Boxclub.* Such dir einen Parkplatz und schließ unbedingt das Auto ab, dann betrete den Boxclub. Wenn ChooChoo und die anderen Männer da drinnen jemanden wie dich sehen, werden sie wahrscheinlich ein paar Wörter benutzen, die du noch nie zuvor gehört hast, aber ignorier sie einfach. Geh bis ganz nach hinten durch, bis zum rostigen Heizungskessel und dann die Treppe hoch, bis du vor der einzigen Tür stehst. Das ist die Tür zu meiner Wohnung. Küche, Bett, Fernseher, alles in einem Raum, wirklich praktisch. Die ganze Wohnung würde wahrscheinlich in deine Badewanne passen.«

Ihre großen Augen wurden noch ein Stück größer. »Wie alt bist du?«

»Alt genug. Sechzehn.«

»Ich auch. Ich kenne dich. Du gehst auch auf die Heath High, oder?«

»Ja. Du, ich muss wieder los. Könntest du der *Señora* zufällig helfen, die Uhr zu finden, damit ich hier verschwinden kann?«

Sie machte keine Anstalten, sich zu bewegen, sondern schob lediglich ihre Unterlippe ein Stück vor.

»Wie heißt du?«

»Seth.«

»Stimmt, Seth. Und du hast so einen lustigen Nachnamen, wenn ich mich richtig erinnere. Was machst du diesen Freitag?«

»Warum? Brauchst du jemanden zum Rasenmähen?«

»Ich gehe auf eine Party und Janine würde total ausflippen, wenn ich dich mitbrächte.«

»Ich kann mir nichts Schöneres vorstellen, als Janine zum Ausflippen zu bringen. Hör mal, ähh –«

»Azura.« Als sie ihren Namen sagte, wirkte sie plötzlich verlegen und senkte den Kopf.

»Azura? Azura Lear? Klingt wie der Name einer Koffermarke. Hör mal, Azura, ich bin nicht der große Partygänger. Ich glaube, ich nehme einfach die Uhr und gehe wieder nach Hause, wenn das für dich in Ordnung ist.«

»Ist es nicht.« Sie drehte sich um und ging langsam Richtung Flur. Ihr Jeansrock schwang verführerisch hin und her und mich umwehte eine hauchzarte Brise Parfum. Als sie den Flur erreichte, wandte sie sich noch einmal zu mir um und tippte sich mit dem Zeigefinger an die Lippen. Ich war mir nicht sicher, ob sie versuchte, sich an etwas zu erinnern oder ob sie mich ermahnte, leise zu sein. Dann tänzelte sie außer Sicht.

Das Dienstmädchen kehrte mit einem Karton zurück, in dem sich die Uhr befand. Ich verließ das Haus mit einem *Gracias, Señora,* und wusste selbst nicht, wen ich mit meinem schlechten Spanisch eigentlich beeindrucken wollte.

KAPITEL 2

Als ich mit dem Karton die Werkstatt betrat, saß Nadel immer noch über den winzigen Metallstift gebeugt und feilte weiter daran herum. Mom machte in seinem Laden sauber, seit ich ein Baby war. Anfangs hatte sie tagsüber gearbeitet und mich oft mitgebracht. Nadel hatte sich darüber beschwert: »Fräulein, das hier ist kein Ort für Babys. Zu viele Kleinteile zum Verschlucken. Und bei Babygeschrei kann ich nicht arbeiten.« Aber Mom erklärte ihm, dass ich anders war als andere Kinder. Ich würde still sein und nichts durcheinanderbringen.

Mom hatte mir erzählt, dass ich oft stundenlang neben Nadel gesessen und ihn bei seiner Arbeit beobachtet hatte. Schon bald gab er mir öliges Werkzeug zum Spielen und ließ mich in Kisten mit kaputten Uhrfedern und abgenutzten Zahnrädern wühlen. Mit acht Jahren konnte ich, mit ein bisschen Hilfe von Nadel, bereits die meisten einfachen Pendeluhren reparieren.

Nadel brachte mir bei, dass viele Dinge, die den Leuten zerbrechlich erscheinen – antike Uhren zum Beispiel – in Wirklichkeit äußerst robust sind. Und dass beinahe alles wieder repariert werden kann. »Meine Kunden müssen vorsichtig sein. Wenn sie etwas kaputt machen, kostet das Geld. Aber ich, ich muss nicht vorsichtig sein. Wenn ich etwas kaputt mache, dann repariere ich es und berechne es ihnen extra.« Nadel konnte alles reparieren, und das wusste er auch. Daher lächelte ich, als er mir den Karton nun aus der Hand riss und ihn mit einem dumpfen Knall auf die Werkbank fallen ließ, als enthielte er Alteisen anstatt einer Antiquität.

»Wie war das Haus?«

»Groß.«

»Wer hat die Tür aufgemacht?«

»Das Dienstmädchen.«

Nadel nickte. Er öffnete den Karton und förderte eine Pendelwanduhr zutage, etwa einen Meter lang und geformt wie ein klobiges Banjo. »Was für ein Schmuckstück«, sagte er und fuhr mit den Fingern über das gemaserte Holz des Gehäuses. »Frühes 19. oder spätes 18. Jahrhundert. Eine Simon Willard – siehst du die Signatur? Schau dir die Fugen an. Perfekt verarbeitet. Und mit Goldlegierung, auch wenn sie an den meisten Stellen abgeplatzt ist. Ich frage mich, ob ich sie auffrischen soll.« Nadel kannte sich mit allem aus, was irgendwie mit dem Reparieren von Uhren zu tun hatte. Mit seinem Vorrat an Chemikalien und seinem Wissen über Metallurgie erneuerte er die Gold- oder Silberlegierung einer Uhr, und mit dem Geschick eines Maschinisten fertigte er problemlos Ersatzteile aus Stahl an. Er hängte die Uhr an einem Haken an die Wand, richtete sie mit geübtem Auge aus, öffnete das Gehäuse und gab dem Pendel einen Schubs. Es schwang ein Mal, dann stoppte es.

Nadel nahm die Uhr wieder von der Wand und legte sie mit der Vorderseite nach unten auf ein Arbeitstuch. Die Rückseite der wunderschönen, alten Uhr war so schlicht und glatt wie die Unterseite eines Küchentischs. Mit einem Schraubenzieher brach Nadel lässig ein Holzpaneel von der Rückseite und sah in das Gehäuse hinein. Er runzelte verdutzt die Stirn und zog ein zerknittertes, vergilbtes Stück Papier hervor. »Diese reichen Schnösel – nutzen so eine wertvolle Uhr als Papierkorb.« Er warf das Papierknäuel in Richtung Mülleimer und verfehlte ihn nur knapp. Ohne das Holzpaneel zu befestigen, hängte er die Uhr zurück an die Wand und stieß das Pendel an. Die Uhr tickte fröhlich drauflos.

»Das ging ja fix. Soll ich die Uhr wieder zurückbringen?« Mit ein bisschen Mühe würde ich mich schon dazu durchringen können, das Mädchen noch mal wiederzusehen.

Nadel blickte finster drein. »Bist du verrückt? Du bringst sie frühestens in einer Woche zurück. Eher in zwei. Ein Dienstmädchen, das die Tür öffnet? Eine Simon Willard? Diese Lears haben Geld wie Heu, Seth. Und die Uhr ist eine saftige Rechnung wert. Ich versuche hier meinen Laden irgendwie am Laufen zu halten und du willst die Uhr nach fünfzehn Minuten wieder zurückbringen?«

Ich überließ Nadel seinen Gedanken an eine fette Rechnung, verließ den Laden durch den von allen Seiten tickenden Verkaufsraum und fuhr die sechs Blocks zum *Shotgun Shack*, um einen Happen zu essen. Als ich den Wagen parkte, lief gerade *Oh my* von Sweatshop Union im Radio, und der Song war so gut, dass ich sitzen blieb und ihn zu Ende hörte.

We need food, clothes, and shelter,
So we hustle till we're old and helpless,
And if you do only go for the gold and wealth,
You're still alone cause you don't know yourself …

Am Ende des Songs war mir bereits das Wasser im Mund zusammengelaufen bei dem Gedanken an Miss Irenes Kochkünste. Ich betrat das Restaurant. Tische unterschiedlichster Größe und Form waren von Miss Irene so arrangiert worden, dass so viele Gäste wie möglich Platz fanden. Trotzdem gab es im *Shotgun Shack* zu Stoßzeiten meist nur noch Stehplätze. Der schwarz-weiße Linoleumboden war abgenutzt, aber sauber. An einer Theke standen eine Reihe von Barhockern, und hinter dem Tresen stand Checker Cab, ein dicklicher, gemütlicher Schwarzer, dessen Mund immer ein Stück offen stand, obwohl er weithin hörbar durch die Nase atmete.

Es war mitten am Nachmittag und das Restaurant beinahe leer. Stanley Chang, ein alter Hawaiianer, dessen vollständiger Name etwa eine Millionen Silben umfasste, saß in seiner Tischnische an der Eingangstür und beugte sich über eine zerknitterte Ausgabe der *Tacoma News Tribune*. Stanley Chang trug immer farbenfrohe Seidenhemden, selbst wenn der Rest seiner Kleidung alt und abgewetzt war. Heute hatte er ein dunkelrotes Hemd mit goldenem Blattmuster an. Es passte zwar nicht zu der ziemlich knapp bemessenen Tweedjacke, die er darüber trug, aber das Hemd war der Knaller.

Stanley behauptete, er käme wegen des Essens her, aber niemand glaubte ihm. Die Südstaaten-Küche, die im *Shotgun Shack* serviert wurde, war nicht sonderlich populär in Honolulu, Stanleys Heimat. Jeder wusste, dass Miss Irene der wahre Grund dafür war, dass er fast täglich hier aß. Seine Liebe zu Miss Irene war süßer als der Zuckerrübensirup auf ihrem Maiskuchen. Wenn sie zu seinem Tisch kam – sie bediente ihn persönlich, so oft sie konnte –, zupfte er den Kragen seines Hemdes zurecht und sagte in gedehntem Inselakzent: »Mahalo, Ko'u Ku'u Lei«. Sie kicherte dann und sagte: »Stanley Chang, wenn du dieses tropische Geplapper nicht lässt, werde ich eines Tages noch schwach.« Dann lachte sie, doch Stanley sah sie nur aus dunklen, verliebten Augen an.

In einer Ecke saß King George und sprach laut in sein Handy. George war nur ein Jahr älter als ich, schien aber doppelt so viel Raum einzunehmen. In der Mittelstufe war er so etwas wie ein Mythos gewesen, mit dem man Sechstklässlern Angst machte. *Du hältst besser die Klappe, hatten die Achtklässler gedroht, oder du kriegst es mit King George zu tun.* Und das wollte wirklich niemand. Soweit ich mich erinnern konnte, war George schon mindestens drei Mal in Jugendhaft gewesen.

Mit vierzehn hatte er die Schule geschmissen, und inzwischen trug er immer ein faustgroßes Bündel mit Geldscheinen in der Hosentasche herum. Wenn ihn irgendjemand fragte, woher das Geld stammte, warf George ihm *den Blick* zu und erstickte damit jede weitere Frage im Keim. *Der Blick* bedeutete: »Wenn du mich noch einmal fragst, werde ich dir grauenvolle Schmerzen zufügen.«

Ich nahm an, dass Miss Irene vor George Angst hatte, obwohl George gerade mal siebzehn war. Sie beschwerte sich andauernd über ihn, ganz leise hinten in der Küche, ließ ihn aber trotzdem so lange im Restaurant abhängen, wie er wollte, selbst wenn zehn andere Gäste auf einen Tisch warteten.

Soweit ich das beurteilen konnte, tat King George nur drei Dinge: Er saß im *Shotgun Shack* und aß Steaks, stemmte

Gewichte für seine Oberarme, die in etwa den Umfang meiner Beine besaßen, und kurvte mit seinem schwarzen BMX-Fahrrad durch die Stadt. Er hatte keinen Führerschein, weil er noch keine einzige Fahrstunde absolviert hatte. Eine Zeit lang war er trotzdem mit einem schwarzen Geländewagen durch die Gegend gefahren, aber die Polizei hatte ihn ein paarmal angehalten und schließlich den Wagen beschlagnahmt. Deswegen war er auf das Rad umgestiegen, das allerdings ziemlich mickrig wirkte unter seinem massigen Körper.

Im *Shotgun Shack* rief King George seine Fleischbestellung immer quer durch den ganzen Laden: »Miss Irene! Bringen Sie mir ein Steak und 'ne Rinderbrust!«

»Was willst du trinken?«

»Ich *will* einen Proteinshake, aber da das für euch ja offenbar zu kompliziert ist, nehm ich 'nen schwarzen Kaffee und ein Glas Milch.«

»Du solltest Salat essen oder frisches Obst«, sagte Stanley Chang dann und sah ihn verstohlen über seine Zeitung hinweg an. »Das ganze Fleisch und keine Ballaststoffe, das gibt Verstopfung.«

»Du hältst besser die Klappe, alter Mann, oder du spielst eine Hauptrolle in meinem Work-out heute Abend.« Stanley, der vielleicht fünfzig Jahre alt war, duckte sich wieder hinter seine Zeitung wie ein Kind, das Verstecken spielte, und King George murrte und brummte vor sich hin, bis ein Teller voll Fleisch vor ihn gestellt wurde.

Als ich an diesem Tag das Restaurant betrat, begrüßte mich Stanley Chang mit: »Aloha makamaka. Wie geht's, wie steht's?«

»Hallo, Stanley.«

»Ist das Seth?«, rief Miss Irene aus der Küche. »Hey, Stromer, komm gefälligst nach hinten und hilf mir.«

Mir hatte es schon immer Spaß gemacht, mit Miss Irene zu kochen. Mom hatte nie viel gekocht, aber bei Miss Irene in der Küche fühlte ich mich fast wie zu Hause, auch wenn wir für Gäste kochten und nicht für die Familie. Miss Eye (so nannte ich sie) behauptete, ich sei ein Naturtalent. Mir gefiel der geordnete Ablauf beim Kochen. Die richtige Reihenfolge war wichtig. Die richtige Menge war wichtig.

Miss Irene tat so, als bräuchte sie meine Hilfe, obwohl sie allein viel schneller vorankam. Ich werkelte schon seit ein paar Jahren bei ihr am Grill und an der Fritteuse, aber mit Miss Eyes Geschwindigkeit konnte ich nicht mithalten. Jede ihrer Bewegungen verfolgte ein Ziel. Sie konnte einhändig ein Ei aufschlagen und das Eigelb vom Eiweiß trennen, das Eiweiß in eine Schüssel für einen Zitronenbaiser-Kuchen geben und mit dem Eigelb die frittierten Hähnchen bestreichen.

Nachdem ich mir die Hände gewaschen hatte, wies sie mich an, ihr spezielles Gewürzsalz, dessen Rezeptur sie geheim hielt, mit ein wenig Mehl, Knoblauchpulver und schwarzem Pfeffer zu vermischen. Ich maß die Zutaten ab und rührte sie zusammen. Meine Hände waren noch feucht, und das Mehl setzte sich in den Rillen meiner Finger ab. Sobald ich fertig war, tunkte ich Hähnchenteile in verquirltes Eigelb, zog sie danach gewissenhaft durch die Mehlmischung, dann wieder durch das Ei, wieder durch das Mehl und gab sie schließlich in das heiße Fett der Fritteuse.

»Wie war's in der Schule?«, fragte Miss Irene, während sie sich um Bohnen und Maisbrot kümmerte. Mit der Frage wollte sie sicherstellen, dass ich auch hingegangen war. Dabei ging ich eigentlich immer. Ich schlug mich ganz ordentlich in der Schule. Hatte meistens Zweien. Ein paar Einsen. Und hier und da eine Drei, damit es nicht langweilig wurde.

»Wie immer.«

»Mmm-hmmm. Wie geht's deiner Mom?«

»Sie wissen, wie es ihr geht. Sie ist jeden Abend hier, Miss Eye.«

»O ja. Und gestern Abend war sie so wütend auf mich wie noch nie. Ich meinte eher, wie es ihr *heute* geht.«

»Hab sie noch nicht gesehen. Sie hat geschlafen, als ich nach Hause gekommen bin. Warum? Was ist passiert?«

»Dasselbe wie immer, nur noch viel schlimmer. Ich befürchtete schon, dass wir uns prügeln würden.«

»Und das finden Sie in Ordnung, obwohl sie für Sie arbeitet?«

»Ich muss gestehen, dass es mir langsam zu viel wird. Manchmal wünschte ich, sie würde einfach gehen und nicht mehr wiederkommen.«

»Sie sollten aufpassen, was Sie sich wünschen. Sie verschwindet auch so schon oft genug.«

»Aber zur Arbeit erscheint sie immer. Ich kann mich nicht erinnern, dass sie schon einmal gefehlt hätte. Man kann von ihr halten, was man will, aber sie arbeitet hart.«

»Als Putzfrau.«

»Vorsicht, mein Lieber. Dank ihr hast du immerhin ein Dach über dem Kopf.«

»Ja, immerhin.«

»Letzte Nacht haben wir uns noch mehr gestritten als üblich. Ich glaube, mir ist da was herausgerutscht von wegen dass ich sie nicht wiedersehen will. Und sie hat möglicherweise etwas gesagt von wegen dass sie nicht mehr wiederkommt. Ich bin mir nicht sicher. Ich hoffe, sie kommt heute Abend, aber es könnte sein, dass ich sie gefeuert habe. Oder dass sie gekündigt hat.«

»Ahh ja. Jetzt ist alles klar.«

»Das Hähnchen wird braun.«

Mom und Miss Irene kannten sich seit Jahrzehnten. Sie waren wie Schwestern – die eine weiß, die andere schwarz. Miss Irene respektierte meine Mutter für ihre gründliche Arbeit. Kunden lobten ihr gegenüber oft, wie sauber alles war, und Miss Irene antwortete darauf: »Das liegt daran, dass ich die beste Putzfrau in ganz Tacoma habe.« Einige der Kunden stellten Mom daraufhin sogar selbst als Putzfrau ein.

Und Miss Irene mochte Moms Unberechenbarkeit. Wenn Mom ihren Gehaltsscheck für irgendetwas Extravagantes ausgab – für ein Abendessen im *Primo Grill* zum Beispiel oder für einen neuen Stetson für ChooChoo –, sagte Miss Irene immer: »Sie ist ein Freigeist. Wenn sie nicht arbeitet, tut sie, was sie will, ohne sich Gedanken über die Zukunft zu machen.« Aber in ihrer Stimme schwang auch ein wenig Traurigkeit mit, denn sie wusste, wenn Mom einen ganzen Gehaltsscheck für ein einziges Essen verschleuderte, mussten sie und ich in den nächsten zwei Wochen von öffentlichen Essensausgaben oder der Tafel leben. Und Miss Eye wusste auch, dass Mom das Geld manchmal für weit dubiosere Sachen ausgab.

Vor sechs Monaten war Mom wie immer kurz vor Ladenschluss ins *Shotgun Shack* gekommen, um zu putzen. Einige Minuten zuvor hatte Checker Cab ein Tablett mit Schweinekoteletts im Durchgang zur Küche fallen lassen und danach zwar das Essen aufgehoben, aber das Fett nicht weggewischt. Als Mom in das Fett trat, rutschte sie aus. Im Fallen schlug sie sich den Kopf an der Kante eines Tisches an und brach sich ein Stück eines Schneidezahns ab. Als sie sich im Spiegel betrachtete, wurde sie wütend. Der abgebrochene Schneidezahn stand genau im Zentrum ihres Lächelns. Mom, Miss Irene und Checker überboten sich daraufhin gegenseitig in einem Schrei-Wettstreit darüber, wer den Zahn bezahlen sollte. Mom und Miss Irene hatten seitdem nicht mehr viel miteinander gesprochen, und wenn doch, dann endete es in Streit.

Ich nahm das Hähnchen aus dem Fett und ließ es abtropfen. Dann legte ich es in einen mit Wachspapier ausgekleideten Korb. Miss Eye schöpfte eine Portion Makkaroni mit Käse aus einem Topf und arrangierte sie neben dem Hähnchen. Dann stellte sie den Korb auf die Durchreiche zum Restaurant und drückte auf die Klingel. »Bestellung ist fertig.« Auf der anderen Seite der Durchreiche nahm Checker Cab den Korb entgegen und schlurfte in Richtung eines wartenden Gastes.

Da nun alle Gäste mit Essen versorgt waren, machte ich Hähnchen für Miss Irene und mich. Wir aßen in der Küche. Miss Irene würde niemals zulassen, dass die Küchenhilfe vor den Augen der Gäste Essen verspeiste. Sie fand das *unansehnlich*. Während ich aß, fragte ich Miss Eye, ob ich für den Abendbetrieb dableiben sollte, der in etwa einer Stunde losgehen würde. Ich dachte, dass es vielleicht half, die Dinge zwischen Mom und ihr wieder geradezurücken, aber sie meinte, sie und Checker hätten alles im Griff.

»Keine Ahnung, was sie an dem Typen finden, Miss Eye.« Ich nickte in Checkers Richtung.

»Er ist vielleicht nicht der Schnellste«, erwiderte sie, »aber er bekommt alles erledigt. Früher oder später.«

Miss Irene hatte Checker vor vielen Jahren eingestellt, als er ein pummeliges Straßenkind gewesen war und um Essen gebettelt hatte. Mittlerweile arbeitete er schon so lange im *Shotgun Shack*, dass er genauso zum Inventar gehörte wie das *Geöffnet*-Schild. Mir kam es immer so vor, als wäre Miss Irene zur Hälfte Checkers Boss und zur Hälfte seine Mutter.

Ich ging nach Hause, mit einem guten Gefühl im Magen und einem guten Geschmack im Mund. Ich konnte immer noch das Fett und den Knoblauch in den Mundwinkeln schmecken.

Überrascht stellte ich fest, dass ich an Azura dachte. Irgendwie hatte sie es geschafft, sich in mein Bewusstsein zu schmuggeln. Ich sah ihre großen Augen, die durch den Türspalt spähten. Ich roch den Hauch ihres Parfums, das nach ihrem Verschwinden noch in der Luft gehangen hatte. Ich dachte immer noch an sie, als ich durch die Tür von ChooChoos Boxclub trat.

ChooChoo und meine Mom führten seit zehn Jahren mal mehr, mal weniger eine Beziehung miteinander. Vor Jahren hatte ChooChoo über der Boxhalle einen heruntergekommenen Lagerraum in eine heruntergekommene Wohnung umgebaut, und seit Mom ChooChoo zum ersten Mal getroffen hatte, waren wir in diese Wohnung ein halbes Dutzend Mal ein- und wieder aus ihr ausgezogen. Als die beiden zum ersten Mal beschlossen, dass sie ineinander verliebt waren, verließen wir das Motelzimmer auf der Pacific Avenue, in dem wir bis dahin gelebt hatten, und zogen in die Wohnung über dem Boxclub. Sechs Monate später gerieten die beiden in einen Streit, weil ChooChoo glaubte, dass Mom mit einem der Trainer flirtete. Mom und ich zogen zurück ins Motel. Dann wurde ChooChoo einsam und sie vertrugen sich wieder. Wir zogen wieder ein. Er wurde eifersüchtig, und es ging zurück ins Motel. Sie vertrugen sich. Wir zogen zurück. Sie stritten sich. Weg waren wir.

Trotzdem war der Boxclub so etwas wie ein Zuhause für mich. Ich betrachtete ChooChoo zwar nicht als meinen Vater, aber er war meistens ganz nett zu mir. Er konnte bei der geringsten Kleinigkeit ausflippen, und dann jagten mir seine massigen Schultern und seine riesigen Fäuste eine Heidenangst ein. Er hatte mich noch nie geschlagen, aber ein paarmal war er kurz davor gewesen. Doch dann verflog seine Wut urplötzlich und er wurde wieder so sanft und harmlos wie ein Kuscheltier.

An meinem siebten Geburtstag, der auf eine Zeit fiel, in der Mom und er kaum die Finger voneinander lassen konnten, kaufte er mir ein Paar leuchtend roter Everlast Boxhandschuhe. Obwohl es Kinderhandschuhe waren, waren sie mir damals noch viel zu groß. Ich liebte die Handschuhe. Ich aß mit ihnen meinen Geburtstagskuchen und ging mit ihnen am Abend ins Bett. Am nächsten Morgen waren meine Hände ganz verschrumpelt vom Schweiß. Noch am selben Tag brachte ChooChoo mir bei, wie man boxte. Ich glaube, er hatte die Handschuhe in der Absicht gekauft, den einzigen Sohn seiner wahren Liebe in eine Boxlegende zu verwandeln, so wie er einst eine gewesen war. Er hob mich in den Ring und zeigte mir, wie ich meine Hände halten sollte. Ich lernte schnell. »Guck dir seine Haltung an«, sagte er dann stolz. »Wie er aus der Deckung auftaucht und trotzdem das Kinn unten lässt.« Ich war zwar nicht der typische Boxer, aber meine Haltung war von Anfang an perfekt. Vor zwei Jahren hatte ChooChoo einen Boxer mit dem Kampfnamen Hector Heat trainiert. Hector war eine Kampfmaschine und steckte Schläge ein, als wären es Streicheleinheiten. Aber er stand im Ring wie ein übergewichtiger Cop. Als Hector eines Tages trainierte, rief ChooChoo: »Seth! Komm her und zeig diesem Typen, wie man richtig steht!« Hector Heat starrte auf meine dürren Arme und meine knochige Brust und fing an zu lachen. ChooChoo schlug Hector so hart auf den Hinterkopf, dass er zu Boden ging. »Wag es nich', den Jungen auszulachen, solang du selbst keine ordentliche Haltung hast!«

Ich entwickelte weder genug Muskeln noch genug Geschwindigkeit, um ein wirklich guter Boxer zu werden. ChooChoo hatte das schon nach weniger als einem Jahr bemerkt, trotzdem trainierte er mich weiter. Er sagte immer: »Du hast die richtige Einstellung – nur nicht den richtigen Körper.« Immerhin verdankte ich es seinen Trainingsstunden, dass ich auf dem Schulweg nicht allzu schlimm verprügelt wurde. Ich geriet zwar dann und wann in Auseinandersetzungen, hatte aber bereits so viele Kämpfe gewonnen, dass ich mir ein wenig Respekt verschafft hatte. Und wahrscheinlich schadete es auch nicht, über dem

Club eines der größten und angsteinflößendsten Männer von Hilltop zu wohnen.

Als ich nun also den Club betrat, stand ChooChoo gerade mit zwei jungen Boxern im Ring. »Ich hab dir doch gesagt, dass du mehr variieren musst«, unterwies er den größeren. »Du kannst nicht nach jedem zweiten Schlag deine Rechte bringen. Du musst auf die richtige Gelegenheit warten.« Sein Schüler nickte. ChooChoo schlug ihm spielerisch gegen den Kopfschutz und die beiden Jungen boxten weiter.

Ich ging zum Ring hinüber. »Hey, Chooch.«

»Was gibt's, Seth?«

»Der Große hat's drauf, oder?«

ChooChoo nickte, nippte an einem Pappbecher mit Kaffee und verzog dabei das Gesicht. »A.J. kann zuschlagen wie 'n Presslufthammer. Aber ich weiß jetzt schon, dass er es nich' schafft. Nach einer Runde hat Little Ronny raus, wie A.J. tickt.«

Die beiden Boxer umkreisten sich. Little Ronny war fast zehn Kilo leichter als A.J., aber er war schnell und tänzelte flink durch den Ring. A.J. verfolgte ihn mit den Augen, kam aber nicht nah genug an ihn heran, um zuzuschlagen. Little Ronny startete einen Angriff und konnte eine Reihe von Geraden platzieren. A.J. steckte die Schläge scheinbar mühelos ein und schlug dann mit der Linken zu. Ronny duckte sich weg. A.J. schlug erneut mit der Linken, gleich darauf mit der Rechten, verfehlte sein Ziel jedoch. Er schlug wieder zwei Mal mit der Linken, dann mit der Rechten. Dieses Mal duckte Ronny sich unter dem letzten Schlag hindurch und holte zu einem Konter aus, der mit voller Wucht A.J.s ungeschütztes Kinn traf. A.J.s Kopf kippte nach hinten. Ronny traf ihn wieder, und wieder. A.J. ging zu Boden.

»Vielleicht solltest du deine Hoffnungen lieber auf Little Ronny setzen.«

»Vielleicht. Klein aber oho, hm?«, brummte ChooChoo und schwang sich in den Ring, um sich um A.J. zu kümmern. Ich durchquerte die Halle, ging die Treppe hinauf, die zu unserer Wohnung führte, und öffnete die Tür.

Mom schlief auf einer ausziehbaren Couch in der Ecke. Ich ließ mich auf das Sofa fallen und schaltete den Fernseher ein, den Ton leise gestellt. Einige Minuten lang sah ich mir die Nachrichten an. Ein Cop aus Seattle hatte einen Obdachlosen getötet. Ein New Yorker Kongressabgeordneter wurde bei einem illegalen Investment-Deal erwischt. Bei den Hausbränden in Centralia handelte es sich wohl um Brandstiftung. Ich schaltete genervt den Fernseher wieder aus, ging zum Küchentisch und blätterte durch die heutige Post. Es war der dritte Umschlag von oben. Blassblau, wie immer. Kein Absender, wie immer. Dieses Mal war der Brief in St. Louis, Missouri abgestempelt worden. Lebte er jetzt also wieder in St. Louis?

Ich riss den Umschlag auf und nahm das Geld heraus. Fünf Fünfzigdollarscheine, wie jeden Monat, seit ich denken konnte. Auf dem obersten Schein klebte ein gelbes Post-it. In schlichten, schwarzen Druckbuchstaben stand dort: »Die Welt ist dreckig, warum also sauber bleiben?«

Was zum Teufel sollte das denn bedeuten?

Ich öffnete den Kühlschrank. Ganz hinten stand eine gelbe Margarinedose. Mom vertraute den Banken nicht, deswegen bewahrten wir unsere Ersparnisse darin auf. Ich öffnete den Deckel und nahm das Geld heraus. Es waren 430 Dollar. Ich legte die 250 hinzu, wodurch sich unsere Ersparnisse nun auf 680 Dollar beliefen.

»Bist du das, Schatz?«

»Hi, Mom.«

»Hi, Baby. Wie war's in der Schule?«

»Ganz okay. Die Geschichtsarbeit ist gut gelaufen.«

»Ich hatte nichts anderes erwartet. Und sonst?«

»Nach der Schule habe ich was für Mr Nadel erledigt. Und ein bisschen mit Miss Irene gekocht.«

Mom schwieg kurz, dann sagte sie: »Okay.«

Ich nickte in Richtung Kühlschrank. »Der Brief von Mr Unbekannt ist wieder gekommen.« Sie lächelte, starrte dabei aber quer durch den Raum ins Leere. Das tat sie immer, wenn sie etwas aus der Fassung gebracht hatte. Es war ihre Variante von Weinen. »Was ist passiert?«, fragte ich, obwohl ich bereits ahnte, worum es ging.

»Ach, nichts. Mach dir keine Sorgen.«

Ich seufzte. »Also gibt es etwas, worüber ich mir Sorgen machen sollte. Was ist los?«

»Nichts. Ich hatte noch nie ein Problem damit, Arbeit zu finden. Ich such mir einfach einen neuen Kunden. 'ne Menge Leute können 'ne Putzfrau gebrauchen. Im Kühlschrank ist noch Pizza.«

»Die hab ich schon gegessen. Ich hab mit Miss Eye gesprochen. Sie will sich wieder mit dir vertragen.«

»Diesmal nicht. Mit der Frau bin ich fertig. Wie viel Uhr ist es?«

»Fünf.«

»Ich muss los. Ich gehe noch ein letztes Mal hin und putze für sie. Und meine anderen Kunden wollen auch 'ne saubere Toilette haben.« Sie rollte sich vom Bett auf die Füße und gab mir einen Kuss auf die Wange. Ihr Atem roch säuerlich und unter ihren Augen schimmerten dunkle Ringe. »Ich hab dir neue Schuhe gekauft. Neben dem Bett.«

»Du verlierst eine Kundin und gehst gleich darauf Schuhe kaufen? Mom, ihr beiden solltet wirklich noch mal miteinander reden.«

Sie ignorierte meinen Kommentar und deutete auf den Schuhkarton. »Ich bin sicher, dass sie dir gefallen. Probier sie an, ich spring schnell unter die Dusche.«

Mom hatte zurzeit vier Kunden – sofern das *Shotgun Shack* noch immer dazu zählte. Sie putzte in der Trinity Presbyterian Church, wo sie Kekskrümel aufsaugte, die von den Kindern der Nachmittagsbetreuung in den Teppich getreten worden waren. Pastor Vandegrift war schwer zu durchschauen, war aber zu Mom und mir immer nett gewesen. In der Fahrschule *Allied Allstar Driver's Academy* putzte Mom erst seit Kurzem. Ich hatte den Mann, dem die Fahrschule gehörte, noch nie getroffen. Die anderen beiden Kunden waren Nadel und Miss Irene.

Ich hob den Schuhkarton auf.

Die meisten meiner Klamotten stammten entweder von der Wohlfahrt oder der Kleiderkammer der Trinity Church. Das nervte zwar, aber ich war nicht der einzige Jugendliche in der Stadt, der so gekleidet war. »Tacoma ist ein guter Ort, um arm zu sein«, pflegte Mom stets zu sagen. Aber für meine Schuhe gab sie immer viel Geld aus. In unserer Gegend war es nicht so wichtig, was ein Sechzehnjähriger von den Knöcheln an aufwärts trug. Ich tendierte zu Baggy Jeans und weißen Tanktops, die ich mir im K-Mart kaufte. Die Schuhe hingegen waren ein absolutes Statussymbol.

Mom wusste das. Sie hatte sich noch nie beschwert, wenn ich 120 Dollar für ein paar hohe Sneakers ausgab, selbst wenn wir das Geld eigentlich dringend für die Miete oder Essen benötigten. Ich öffnete den Schuhkarton und erblickte ein Paar wunderschöner schwarzer Nike LeBrons. Die kosteten 140 Dollar. Aber das waren sie auch wert, denn LeBron war ein wahnsinnig cooler Typ, und allein sein Name machte die Schuhe zu etwas Besonderem. Ich fädelte die Schnürsenkel ein und zog sie an.

Mom kam aus dem Badezimmer, fertig zur Arbeit – angezogen mit einer blauen Arbeitshose, einem weißen Männerhemd und alten Turnschuhen. »Und, wie gefallen sie dir?« Sie deutete lächelnd auf die Schuhe und entblößte dabei ihren kaputten Zahn.

»Du hättest sie nicht kaufen sollen. Du weißt, dass wir uns das nicht erlauben können. Die Miete ist in ein paar Tagen fällig.«

»Wir können uns eine Menge Dinge nicht leisten, Seth. Das bedeutet aber nicht, dass wir sie nicht verdient haben.«

»Ja, den Spruch kenne ich.«

»Wie auch immer, ich hab's gern gemacht. Muss los. Bist du allein heute Abend?«

»Jep. Ich bleib ganz brav zu Hause.«

»Komm und gib mir einen Kuss.«

Ich küsste sie auf die Wange, dann umarmte ich sie. Sie roch nach Putzmitteln. Nach der Arbeit, die sie tat, um mich mit Essen und Klamotten versorgen zu können. »Danke für die Schuhe. Sie sind großartig.«

»Nicht so großartig wie du. Ich liebe dich. Sei brav.«

Sie öffnete die Tür und ging hinaus. Es war das letzte Mal, dass ich sie lebend sah.

KAPITEL 3

Ich verbrachte den Abend dösend vor dem Fernseher, anstatt meine Hausaufgaben zu machen. Wir sollten etwas über Lyndon Johnson und den Vietnamkrieg lesen, aber ich hinkte zwei Kapitel hinterher. Ein paar Minuten nach neun Uhr hörte ich ein Klopfen an der Tür. Ich rief: »Komm rein«, weil ich dachte, ChooChoo käme, um mir zu sagen, dass er nach Hause ginge. Die Tür öffnete sich und eine raue weibliche Stimme sagte: »Deine Wegbeschreibung war perfekt.«

Azura trat ein und schloss die Tür hinter sich. Ihre großen Augen und ihre schicken Klamotten ließen den Raum klein und schäbig wirken. Ich sprang auf und sagte: »Was machst du denn hier?«

»Ich wollte dich sehen.«

»Ich glaube nicht, dass wir uns schon so gut kennen, dass du hier einfach reinkommen darfst.«

»Du warst doch auch bei mir. Und du hast mir erklärt, wie ich hierhin finde. Du hättest mir den Weg wohl kaum so genau beschrieben, wenn du nicht gewollt hättest, dass ich komme.«

»Komm mir bloß nicht mit so einem Psychokram. Ich war in eurer Eingangshalle. Du bist in meinem Schlafzimmer.« Ich schob sie zur Tür hinaus und schloss sie hinter mir.

»Hey!«, protestierte Azura. Sie trat einen Schritt zurück. »Das ist aber nicht sehr nett.«

»So sind wir hier in der Gegend.« Ich hätte sie am liebsten durch die ganze Boxhalle nach draußen geschoben. »Können wir irgendwo anders hingehen?«

Sie nickte in Richtung Parkplatz. »Mein Auto steht draußen.«

Wir gingen die Treppe hinunter. ChooChoo und sein Freund, ein Trainer namens Manny, waren als Einzige noch in der Boxhalle. Manny pfiff anerkennend, aber ChooChoo verpasste ihm eine Ohrfeige. »Mach dich nicht über den Jungen lustig, Manny. Er bringt nicht oft Mädchen mit. Schon gar nicht welche, die *so* aussehen. Alle Achtung, Seth.« Azura lächelte nervös.

Vor der Tür stand ein schwarzer Lexus. Zwar kein BMW, aber nah dran.

»Ist das deiner?«, fragte ich und fuhr mit den Fingern über den glänzenden Kotflügel.

Sie klickte die Tür auf und warf mir den Schlüssel zu. »Du kannst doch fahren, oder?«

Ich glitt auf den ledernen Sitz hinter das Steuer. Das war wahrscheinlich das coolste Auto, in dem ich je gesessen hatte. Als ich den Zündschlüssel drehte, ertönte aus der Anlage *Good People* von Jack Johnson. Zum Autofahren okay, auch wenn es eher Mädchenmusik war. Wir fuhren ein Stück die 11. Straße runter, bogen dann links ab und folgten der Pacific Avenue durch die Innenstadt. Wir kamen am *Thea's Park* vorbei, wo einige Skater trotz der späten Stunde mit ihren Boards die großen Steinstufen hinuntersprangen, wir passierten den Hafen mit seinen Frachtcontainern und sahen die Schiffe der Navy, die sich an den Rand der Commencement Bay schmiegten, das berühmte Fischlokal und das alte Löschboot, auf dem ich als Kind immer gespielt hatte. Wir fuhren an den Restaurants und Parks am Hafen vorbei bis zum hintersten Ende des Ruston Way, wo die zerfallenen Betonpfeiler eines Piers dem verlassenen Strand das Aussehen eines modernen Stonehenge verliehen. Ich parkte und stieg aus.

Es war der letzte Tag im September, aber die Luft war noch warm. Ich warf Azura den Autoschlüssel zu und sprang hinunter zum Strand. Sie folgte mir. Wir kletterten auf den nächstbesten Betonhügel und sahen hinaus auf die Wellen.

»Kommst du oft hierher?«

»Manchmal. Es fahren zwar Autos vorbei, aber es hält niemand an, deswegen hat man den Strand hier ganz für sich.«

»Bringst du öfter Mädchen hierher?«

»Nein. Ich bin ein Eigenbrötler.«

Azura lachte. »Ein was?«

Ich wiederholte das Wort nicht, weil ich mich nicht noch mal zum Affen machen wollte.

»Seh ich dich deswegen nicht so häufig in der Schule?«

»Wovon redest du? Ich gehe immer zur Schule.«

»Ja, aber ich sehe dich nie bei den Sportveranstaltungen. Oder bei den Abschlussbällen.«

Ich brach ein kleines Stück aus dem Beton und gab es Azura. »Du kommst direkt zur Sache, was? Ja, solche Dinge sind tatsächlich nichts für mich.«

»Warum nicht?«

»Keine Ahnung. Zu viele Schleimer für meinen Geschmack.«

Sie lachte. Erneut fiel mir auf, wie rau ihre Stimme war. »Du solltest am Freitag mit mir zu Janines Party kommen. Da sind alle Schleimer auf einem Haufen.«

»Klingt fantastisch. Siehst du den Betonpfeiler, der da drüben aus dem Wasser ragt? Fünfzig Dollar, wenn dein Stein darauf landet.«

Sie stand auf und hatte Mühe, auf dem unebenen Boden das Gleichgewicht zu halten. Sie stützte sich mit der linken Hand auf meiner Schulter ab und lehnte ihr Bein gegen mich. Ihr Körper war warm. Sie warf. Ihr Stein traf die Spitze des Betonpfeilers und fiel ins Wasser.

»Her mit der Kohle.«

»Nichts da. Du hast ihn nur getroffen, ihn aber nicht darauf geworfen.« Ich stand auf und warf. Mein Stein verfehlte den Pfeiler um Längen.

»Ich war immerhin besser als du. Das sollte was wert sein.«

»Was zum Beispiel?«

»Geh mit mir zur Party.«

»Keine Chance.«

Die Unterlippe schob sich wieder ein Stück vor. »Dann beantworte mir eine Frage.«

»Kommt auf die Frage an.«

»Wie sind deine Eltern so? Fang mit deiner Mom an.«

»Meine Mom? Himmel, du bist wirklich neugierig.«

»Stimmt. War ich schon immer. Ich hasse Small Talk.«

»Aber du magst die Schleimer.«

»Nicht das Thema wechseln. Beschreib mir deine Mutter.«

»Können wir nicht über irgendwas anderes reden? Frag mich doch nach meiner Lieblingsfarbe.«

»Komm schon.« Sie setzte sich wieder hin, als wäre jetzt Zeit für die Vorlesestunde.

Ich setzte mich neben sie und fragte mich, was sie wohl von meiner Geschichte halten würde. Ich wünschte, ich könnte ihr etwas anderes erzählen. »Also gut. Meine Mom ist zu 49 % Freigeist und zu 51 % Putzfrau.«

»Nimm mich nicht auf den Arm«, maulte Azura und schob wieder die Unterlippe vor.

»Das war ernst gemeint, Fräulein Neunmalklug. Das sind die zwei Seiten von Moms Persönlichkeit. Sie geht jeden Abend putzen, immer für dieselben Leute, und sie macht es absolut perfekt. Sie nimmt ihren Job sehr ernst, auch wenn sie schlecht bezahlt wird. Wirklich schade, dass sie keine Börsenhändlerin geworden ist oder irgendwas anderes, was mehr Geld einbringt. Aber Putzen kann sie super. Darüber hinaus ist sie allerdings ziemlich schwierig einzuschätzen.«

»Das klingt kompliziert. Aber du hast mir bisher nur erzählt, was sie tut. Erzähl mir, wie sie ist.«

»Besser nicht.«

»Und was ist mit deinem Dad?«

»Wem?«

»Was macht dein Vater?«

»Ist dir schon mal aufgefallen, dass die Leute immer fragen: ›Wie ist deine Mutter?‹ Aber bei den Vätern sagen sie: ›Was macht dein Vater?‹ Egal. Ich habe keinen Vater. Meine Mutter ist Putzfrau. Sie hält alles tadellos sauber. Selbst meine Empfängnis war unbefleckt.« Azura sah mich schweigend an. »Das war ein Scherz«, sagte ich. »Aber ich habe wirklich keinen Dad.«

Ich fragte mich, warum Azura solches Interesse an mir

hatte. Aber es gefiel mir. Und ehe ich es mich versah, erzählte ich ihr Dinge über mich, die ich noch kaum jemandem erzählt hatte. Meine Mom war in Spokane aufgewachsen. Als Teenager brannte sie mit einem Studenten durch, der in Spokane einen Ferienjob gehabt hatte und am Ende des Sommers zurück an die Uni von Tacoma ging. Zu Beginn des Semesters verließ der Typ Mom, doch zuvor hatte er sie bereits einem Gastprofessor für Philosophie vorgestellt. Teil von dessen Philosophie war es offenbar, Sex mit Minderjährigen zu haben. Als Eve schwanger wurde, beendete der Professor ganz plötzlich seine Gastprofessur und verschwand. Und jetzt war ich da, das sechzehnjährige Kind einer alleinerziehenden, dreiunddreißig Jahre alten Mutter.

Einmal im Monat war ein blauer Briefumschlag in der Post, immer ohne Absender, meistens abgestempelt in einer der drei Städte: St. Louis, Missouri; Pensacola, Florida; oder Taos, New Mexico. Die Umschläge enthielten 250 Dollar für Miete, Einkäufe und Basketballschuhe und einen Spruch auf einem gelben Post-it.

»Er schickt dir Geld und schreibt kluge Sprüche, aber du hast keine Ahnung, wer er ist?«

»Ganz genau.«

»Hast du immer am selben Ort gewohnt?«

»Nein.«

»Woher weiß er dann, wohin er die Briefe schicken muss?«

»Keine Ahnung. Und es sind auch nicht immer Sprüche. Manchmal schickt er auch Fragen oder Rätsel. Als ich klein war, schrieb er zum Beispiel so Sachen wie: ›Wie viele Tiere nahm Moses mit auf die Arche?‹«

»Und wie viele waren es?«

»Ernsthaft? Gar keine! Noah war der Typ mit der Arche. Moses war der mit den zehn Geboten.«

»Wow. Das ist echt ein blöder Witz. Und ziemlich belanglos.«

»Heute habe ich wieder einen Umschlag bekommen. Dieses Mal stand auf dem Zettel: ›Die Welt ist dreckig, warum also sauber bleiben?‹«

»Wie lautet die Antwort?«

»Sag du es mir.«

»Klingt wie ein echt netter Typ. Er würde sich hervorragend mit *meinem* Dad verstehen.«

»Genau, erzähl mir von deinem Dad. Was hat er gemacht, um so reich zu werden?«

»Du willst also auch wissen, was er tut, nicht, wie er ist?«

»Nein, ich will wissen, was er getan *hat*.«

»Er musste einfach nur geboren werden. Inzwischen ist er ein Investmentbanker, was auch immer das bedeutet.«

»Es bedeutet Geld. Das genügt.«

»Dir vielleicht. Mir nicht.«

»Aber nur, weil du schon so viel hast.«

Sie seufzte, dann brach sie ebenfalls ein Stück Beton ab und warf es ins Wasser, ohne auf etwas Bestimmtes zu zielen. »Jetzt kommt der Punkt, an dem wir uns entweder darüber unterhalten, warum ich glücklich sein sollte, weil ich reich bin, oder dass Geld nicht glücklich macht, stimmt's?«

»Tu dir keinen Zwang an.«

»Ich finde es schön, Geld zu haben, falls du das meinst. Aber … ach, vergiss es.«

»Was?«

Azura brach ein weiteres Stück Beton ab und warf es

Richtung Betonpfeiler. Obwohl sie dieses Mal saß, traf sie ihn genau in der Mitte. »Ich sollte echt ’ne Belohnung kriegen für meine Wurfkünste.«

»Kann ich mir nicht leisten. Ich bin arm, schon vergessen?«

»Reden wir über dich. Was machst du, wenn du nicht in der Schule bist?«

»’ne ganze Menge. Ich erledige ein paar Sachen für Moms Kunden, wie Mr Nadel zum Beispiel.«

»Wer?«

»Der Uhrmacher. Der Typ, der eure alte Wanduhr repariert. Ich kenne ihn, seit ich ein Baby war. Er ist fast so etwas wie ein Großvater für mich. Ich koche auch ein bisschen im *Shotgun Shack*. Hast du da mal gegessen? Nein, wahrscheinlich eher nicht.«

»Du kannst kochen?«

»Allerdings. Was soll ich dir machen? Frittiertes Hühnchen vielleicht?«

»Klingt gerade ziemlich verlockend. Willst du mal Koch werden?«

»Habe ich noch nie drüber nachgedacht. Nur, weil ich etwas gerne mache, heißt das nicht, dass ich es auch beruflich machen will.«

»Aber du machst es gerade beruflich.«

»Ja, aber nur so nebenbei. Eher aus Spaß als wegen dem Geld. Ich koche gern. Ich mag die Exaktheit beim Kochen. Ich bin gerne exakt. Und ich boxe ein bisschen.«

»Du boxt?«

»Ja, als Sparringspartner für ein paar Boxer, die ChooChoo trainiert.«

»Bist du gut?«

»Verglichen mit wem? Ich bin nicht gut genug für eine Profikarriere, aber ich wette, ich könnte dir ganz schön den Arsch versohlen. Willst du es mal ausprobieren?« Ich boxte sie spielerisch gegen das Kinn, aber sie zuckte zusammen und lachte nicht. Ich fragte mich, ob sie wohl schon einmal geschlagen worden war. Doch dann schlug sie genauso spielerisch zurück. Ich versuchte es mit einem Klammergriff, und bald hatte ich beide Hände hinter ihrem Rücken. Ich zog sie eng an mich. Sie ließ es für eine Sekunde geschehen, dann boxte sie wieder neckend auf mich ein. Ich lachte. Es fühlte sich gut an, aber auch vergänglich. Was machte ich hier eigentlich? Niemals würde mich dieses reiche Mädchen in sein Leben lassen. Für einen Tag vielleicht, maximal eine Woche, aber mehr nicht. Dann würde sie von irgendetwas Glitzerndem abgelenkt werden und mich in ihrer Designerstaubwolke zurücklassen.

Diese Gedanken schossen mir durch den Kopf und versuchten, sich gegen den dezenten Geruch von Azuras Parfum durchzusetzen. Ich zog mich zurück. »Hör mal, ich hab noch was zu erledigen. Und du solltest wahrscheinlich besser nach Hause gehen, bevor Daddy die Nationalgarde ruft.«

Azura runzelte die Stirn. »Du hast noch was zu *erledigen?* Ist das dein Ernst?«

»Ich sollte gehen.«

»Dann fahr ich dich.«

»Ich kann laufen.«

»Hab ich irgendwas verpasst?«

»Ich gehe jetzt.«

»Wir haben uns heute Morgen zum ersten Mal getroffen. Warum fühle ich mich dann gerade, als hätten wir miteinander Schluss gemacht?«

Ich antwortete nicht, sondern sprang von dem Betonhügel hinunter und wanderte am Strand entlang Richtung Osten. Ich drehte mich nicht um, denn ich wollte den Ausdruck auf ihrem hübschen Gesicht nicht sehen – traurig, stinksauer, froh oder untröstlich.

Der Weg nach Hause war weit. Nachdem ich angekommen war, brauchte ich über eine Stunde, um einzuschlafen.

KAPITEL 4

Um drei Uhr morgens rüttelte mich eine Hand vorsichtig an der Schulter und weckte mich. Als ich mich mühsam aus dem Tiefschlaf gekämpft hatte, stellte ich fest, dass ChooChoo neben mir kniete und leise meinen Namen flüsterte. Seine sanfte Stimme machte mir Angst.

»Du musst nach unten kommen«, sagte er. In seinen feuchten Augen spiegelte sich das wenige Licht im Raum.

»Was ist los?«

»Deine Mom. Sie ist –«

»Sie ist was?«

»Tot. In ihrem Auto. Draußen vor der Tür.«

Ich zog schnell ein paar Klamotten über und stolperte hinter ChooChoo durch den dunklen Boxclub. Durch die Fenster zur Straße sah ich bunte Lichter flackern. Blau bedeutete Polizei. Rot bedeutete Krankenwagen.

Moms Jeep stand quer auf dem Bordstein. Sie saß auf dem Fahrersitz, ihr Körper über das Steuer gebeugt. Drei Streifenwagen und ein Krankenwagen blockierten die Straße. Grelle Lichtblitze erhellten die Szenerie. Langsam begriff ich, dass sie von einer Kamera stammten, mit der ein Polizist Bilder vom Inneren des Autos schoss. Wie durch Watte nahm ich die abgehackten Stimmen aus dem Polizeifunk wahr, die unablässig Nummern und zusammenhanglose

Wörter herunterleierten. ChooChoo winkte schwach mit der Hand, woraufhin ein Polizist in Zivil auf uns zukam, doch ich konnte meine Augen nicht genug fokussieren, um ihn deutlich zu erkennen.

»Ich bin Detective Carlyle«, sagte der Polizist. »Und du bist Seth?« Carlyle sprach langsam und mit einer Stimme, von der er wahrscheinlich annahm, dass sie einfühlsam klang. »Das mit deiner Mom tut mir leid.«

Ich hörte ihn kaum. Ich drückte mich an ihm vorbei zur Fahrerseite des Jeeps, zog den Polizisten mit der Kamera zur Seite und öffnete die Tür. Dann hielt ich inne, denn ich wusste nicht, was ich als Nächstes tun sollte. Mom trug noch immer ihre Arbeitskleidung. Ich berührte ihre Hand. Sie war kalt. Ich wollte sie aus ihrer merkwürdigen Position befreien, aber andererseits wollte ich ihr Gesicht nicht sehen, nun, da das Leben aus ihm gewichen war. Das war nicht mehr meine Mom in dem Auto. Es war nur noch eine leblose Hülle. Ich konnte den Anblick nicht mehr ertragen und hielt mir die Hände vors Gesicht.

Detective Carlyle trat neben mich und stellte sicher, dass der Fotograf und die anderen Polizisten fertig waren. Sie hoben Moms Körper aus dem Auto auf eine Bahre, bedeckten ihn mit einem Tuch und schoben ihn in den Krankenwagen. Carlyle wandte sich mir zu. »Hatte deine Mom irgendwelche gesundheitlichen Probleme?«

Ich schaffte es kaum, mit den Schultern zu zucken.

»Nahm sie Drogen?«

Wieder antwortete ich nicht.

Carlyle rieb sich über die Augen und starrte in Richtung der sich schließenden Krankenwagentüren. »Wir müssen jetzt nicht darüber reden. Ich komme morgen wieder zu dir. Aber du solltest heute Nacht nicht allein sein.«

»Ich bin es gewohnt.«

»Das hier ist etwas anderes. Ich meine es ernst. Es sollte jemand bei dir sein.«

»Okay.«

Er wandte sich zu ChooChoo. Das Gesicht des Boxers war tränenüberströmt. Meines nicht. Weinen ergab für mich keinen Sinn. Nichts hiervon ergab einen Sinn.

Moms Schlüssel steckte noch in der Zündung. Ich sprang in den Jeep und schlug die Tür zu. Carlyle griff nach der Tür, aber ich verriegelte sie von innen, startete den Motor und fuhr über den Bürgersteig, um an den Streifenwagen vorbeizukommen. Carlyles müde Augen folgten mir, als ich an ihm vorbeifuhr. Ein uniformierter Polizist wollte mir hinterherlaufen, doch Carlyle griff nach seinem Arm und hielt ihn auf.

Ich wusste nicht, wohin ich fahren sollte, aber das war auch gar nicht wichtig. Ich wollte einfach nur weg. Ich fuhr ziellos umher und nahm nur undeutlich dann und wann bekannte Dinge wahr. Dock Street, Segelboote, die *Spar Tavern*. Schließlich fand ich mich auf der Carr Street wieder, die von wunderschönen alten Stadthäusern mit Meerblick gesäumt wurde. Mom hatte in den letzten Jahren in vielen dieser Häuser geputzt. Jetzt war sie tot und diese reichen Schnösel würden es nicht einmal bemerken. Und falls sie es taten, würde es ihnen am Arsch vorbeigehen.

Die Welt war aus den Fugen geraten und ich drohte jeden Moment abzustürzen. Ich wusste nicht, was ich fühlen sollte. Sollte ich Mom vermissen, oder sollte ich wütend auf sie sein? Sie ließ mich schon wieder im Stich. Sie war weg. Sie war tot und ich wusste nicht einmal, wie sie gestorben war. Sollte ich weinen oder fluchen? Ich fuhr rechts ran und machte den Motor aus. Ich lehnte mich gegen das Steuer und zuckte dann zurück, als stünde es unter Strom. Zuletzt hatte meine tote Mutter an diesem Lenkrad gelehnt. Ich sprang aus dem Auto und schlug die Tür zu.

Erst jetzt bemerkte ich, dass ich vor Azuras Haus geparkt hatte. Ich brauchte jemanden und war ganz automatisch zu ihr gefahren. Es war vier Uhr nachts, trotzdem trat ich auf die Veranda und klopfte lautstark an die Tür. Es war mir egal, wenn ich das ganze Haus aufweckte. Hinter einem Fenster im Obergeschoss ging Licht an, dann in einem zweiten. Ich hörte endlos viele Schritte, bevor sich die Haustür öffnete.

Das Dienstmädchen stand in der Tür und band sich den Gürtel ihres Morgenmantels zu. Sie sagte nichts, aber die Verwirrung stand ihr ins Gesicht geschrieben. *Was macht der Botenjunge hier mitten in der Nacht?* Bevor sie auch nur ein Wort sagen konnte, wurde sie von einem Mann aus dem Weg geschoben, der Mr Lear sein musste, Azuras Vater.

»Was zum Teufel soll das?« Für jemanden, der gerade erst aufgestanden war, saß sein graues Haar perfekt. In seinem Gesicht zeigte sich jedoch eine deutliche rote Färbung.

»Ich muss mit Azura sprechen«, erwiderte ich.

»Aber mit Sicherheit nicht jetzt. Wer bist du überhaupt?«

»Könnten Sie ihr bitte Bescheid sagen, dass ich hier bin?«

»Du solltest verschwinden, bevor ich die Polizei rufe.«

Ich überlegte gerade, ob ich gehen oder mir meinen Weg nach drinnen freikämpfen sollte, als ich plötzlich Schritte hörte. Der Vater drehte sich um und befahl der Person, wieder ins Bett zu gehen. Ich hörte Azura mit verschlafener Stimme fragen, was los sei.

»Nichts, was dich zu interessieren hätte«, sagte Mr Lear. Als Azura mich sah, huschte sie an ihrem Vater vorbei, griff nach meinem Arm, und zusammen rannten wir die Auffahrt hinunter, während Mr Lear hinter uns her brüllte.

Wir fuhren zurück auf den Ruston Way. Azura fragte mich, was los sei, aber ich brachte die Worte einfach nicht heraus. Schließlich hielt ich den Wagen an und erzählte ihr, was geschehen war. Sie schwieg, aber ihre Arme öffneten sich und ich ließ mich in ihre Umarmung fallen. Ich durchweichte sie förmlich mit meinen Tränen.

»Seth?« Azuras sanfte Stimme durchbrach schließlich die Stille. »Erzählst du es mir jetzt?«

»Was?«

»Von ihr.«

Ich schwieg einen Augenblick, dann flüsterte ich: »Manchmal war sie da. Manchmal war sie den ganzen Tag verschwunden. Manchmal war sie nüchtern. Manchmal war sie so glücklich, dass sie die Stufen zu unserer Wohnung rauf und runter getanzt ist. Und manchmal war sie so unglücklich, dass sie den Kopf nicht vom Sofakissen hochbekam.«

»Seth –«

»Nein. Hör einfach nur zu. Als ich in der Grundschule war, ist sie zu allen Elternabenden zu spät gekommen, wenn sie überhaupt hingegangen ist. Als ich irgendwann richtig wütend geworden bin deswegen, sagte sie nur: ›Ach Liebling, ich lebe im *Hier und Jetzt.* Das musst du auch noch lernen.‹ Ich hasste diesen Ausdruck. ›Hey Mom. Wie wäre es, wenn du ab und zu mal versuchst, in meinem Hier und Jetzt zu leben?‹ Und genau dann, wenn ich gerade beschlossen hatte, sie für immer zu hassen, nahm sie mich für ein Wochenende mit nach Seattle. Wir wohnten im Edgewater Hotel in einem Zimmer mit Meerblick und aßen Piroschki und Dim Sum vom Pike Place Market und sahen uns einen Film im größten Kino der Stadt an und gingen in ein schickes Restaurant nur fürs Dessert und es war absolut magisch und ich liebte sie über alles.«

»Das klingt schön.«

»Ja. Und kurz darauf hasste ich sie wieder, als ich herausfand, dass unser Wochenende das Geld für den gesamten Monat verschlungen hatte. ›Keine Sorge‹, sagte sie dann mit diesem schiefgesichtigen Grinsen. ›Das wird schon wieder. Du musst einfach lernen, im Du-weißt-schon-was zu leben.‹«

»Was ist ein schiefgesichtiges Grinsen?«, fragte Azura. »Ich habe keine Ahnung, wie das aussieht.«

»Klar weißt du das. Alte Menschen grinsen so. Oder Leute mit Parkinson. Zittrige Leute. Zittrige alte Damen, die dich ansehen und lächeln, während ihre Köpfe hin und her wackeln.«

»Sie hatte Parkinson?«

»Sie hat gezittert.«

»Wie alt war sie?«

»Jung. Siebzehn Jahre älter als ich. Also, ähm, dreiunddreißig. Aber sie wirkte meistens älter. Sie heißt – hieß – Eve und hatte dichte, schwarze Haare, die sie meist zu einem Knoten zusammenband.«

»Dann hast du deine Haare von ihr geerbt. War sie groß?«

»Ich würde sagen, etwa eins siebzig.«

»Dann muss dein Vater groß gewesen sein, denn du bist – warte … eins fünfundachtzig?«

»Eins neunundsiebzig. ›Ein Fingernagel fehlt zu den eins achtzig‹, sagte Mom immer.«

»Du wirkst größer. Wie groß ist dein Dad?«

Ich ignorierte die Frage. »Mom sah hübsch aus, wenn sie nicht müde war. Vielleicht war sie sogar schön. Nur um ihre Augen herum hatte sie immer dunkle Ringe. Ihre Hände waren trocken und rissig von dem ganzen Putzwasser. Und in letzter Zeit hat sie immer diese Sache mit ihrem Zahn gemacht.«

»Erklärung bitte.«

»Sie hatte einen abgebrochenen Schneidezahn und sie konnte nicht aufhören, mit der Zunge daran entlangzufahren. Sie hasste diesen kaputten Zahn. ›Das lässt mich so billig aussehen!‹, sagte sie immer.« Ich sah nach unten in den Fußraum, wo meine neuen Nike LeBrons in den Schatten verschwanden. »Sie hat mir heute diese Schuhe gekauft. Wer hätte geahnt, dass sie ein Abschiedsgeschenk werden würden.«

Wir versanken wieder in Schweigen, was mir nur recht war.

KAPITEL 5

In dieser Nacht fand ich keinen Schlaf mehr. Ich brachte Azura rechtzeitig für die Schule nach Hause, und bevor sie ging, schrieb sie ihre Telefonnummer auf meinen Handrücken. Dann fuhr ich zurück zum Boxclub, blieb aber noch eine Weile im Auto sitzen und hörte Musik, in der Hoffnung, dass mir eines dieser Lieder Trost spenden würde. Keines tat es. Um zehn Uhr betrat ich ChooChoos Büro, um zu sehen, wie es ihm ging – oder wie es mir ging, in seinen Augen. An den Wänden seines Büros hingen alte Boxplakate und Fotografien. Einige der Plakate großer Turniere führten ChooChoos Namen in den Hauptkämpfen auf, inklusive eines Kampfes im Ceasars Palace in Las Vegas und einem im Madison Square Garden in New York.

Einige Jahre zuvor hatte Mom mir erzählt, dass ChooChoo ein ernstzunehmender Anwärter auf den Weltmeistergürtel im Schwergewicht gewesen war.

»Und warum hat er ihn nicht gewonnen?«, fragte ich Mom.

»Weil er sich nicht beherrschen konnte. Er boxte mit Wut im Bauch. In einem seiner letzten Kämpfe verprügelte er seinen Gegner so schwer, dass der Typ nie wieder einen vernünftigen Satz zustande gebracht hat. Er konnte nur noch nuscheln. ChooChoo hatte danach nur noch einen einzigen Kampf. In dem hat er seinen Gegner umgebracht. Er hatte ihn in eine Ecke gedrängt und schlug einfach weiter auf ihn ein. Seine eigenen Trainer mussten ihn wegreißen. ChooChoo wurde zwar nicht angeklagt, aber er musste fünfzigtausend Dollar Strafe zahlen und wurde für zwei Jahre gesperrt. Danach hat er keinen Kampf mehr bekommen. Niemand wollte mit ihm in den Ring steigen. Schließlich hat er aufgegeben und den Boxclub aufgemacht.«

Ich betrachtete das Plakat vom Madison Square Garden. Es war auf einem knallgelben Hintergrund gedruckt worden, der jedoch an einigen Stellen verblasst war. In großen roten Buchstaben stand darauf: *15 Runden für den Weltmeister. Leon Lamont, ungeschlagener Schwergewichtsmeister, gegen ChooChoo Baldwin, ungeschlagener K. O.-König.* Links und rechts des Textes waren Schwarz-Weiß-Fotos der Boxer abgebildet. Ich sah einen jüngeren, dünneren ChooChoo mit erhobenen Fäusten und einem aggressiven, starren Blick. Seine schwarze Haut hob sich deutlich von den weißen Shorts und Schuhen ab.

ChooChoo war fett geworden seit jener Zeit, wirkte aber immer noch stark genug, um einen Kampf im Ring für sich zu entscheiden. In diesem Moment saß er hinter seinem Schreibtisch und ignorierte einen Stapel Papiere. Auf dem Tisch stand ein billig gerahmtes Foto von ChooChoo und meiner Mom. Ich hatte es schon hundertmal gesehen, trotzdem nahm ich es in die Hand. Das Bild war etwa zehn Jahre alt. Sie hatten ihre Köpfe aneinandergelehnt, lächelten und sahen sorglos aus. Vielleicht sogar glücklich.

ChooChoos Aufmerksamkeit gehörte ganz einem Pappbecher mit Kaffee. Ohne aufzublicken sagte er: »Deine Mom hat mir dreihundert im Monat gezahlt, und das war schon ’n Freundschaftspreis. Du musst mir nich’ so viel zahlen, aber wenigstens ’n bisschen was. Kriegst du zweihundert hin?«

»Ich glaub schon.«

»Vielleicht kannst du ja zusätzlich noch ’n bisschen boxen.«

»Klar. Würde ich sowieso.«

Er nippte am Kaffee und schauderte. »Der schlechteste Kaffee der Welt. Verdammter Manny.«

»Wenn du noch mal hundert runtergehst mit der Miete, kümmere ich mich um den Kaffee.«

»Du kannst Kaffee kochen?«

»Ich werd’s lernen. Ich schwöre dir, dass er besser schmeckt als das Zeug da.«

»Gebongt. Du machst Kaffee. Du boxt. Einhundert im Monat.« Er sah zu mir auf. »Geht’s dir gut?«

»Nicht wirklich.«

»Mir auch nich’.«

Er sah mich einen Augenblick lang an, dann sagte er: »Seth, ich hab noch ’ne Bedingung. Du packst das nich’ allein. Such dir ’ne Familie.«

»Wie bitte?«

»’ne Familie. Dann kannst du hierbleiben.«

»Willst du, dass ich mich adoptieren lasse?«

»Quatsch. Ich red nich’ von ’ner rechtlichen Familie. Ich mein ’ne richtige. Leute, auf die du dich verlassen kannst. Leute, die sich auf dich verlassen können. Leute, die bei dir bleiben, ganz egal, wie bescheuert du dich benimmst, und die dich raushauen, wenn du dich in die Scheiße geritten hast.«

»Du meinst wohl so jemanden wie dich.«

»Auf mich kann man sich nich' verlassen, Kumpel.«

Nach ein paar Sekunden erwiderte ich: »Ich bin mir nicht sicher, ob ich das kann, Chooch. Familie und ich, das passt nicht zusammen. Mein Dad ist ein Versager und meine Mom ist tot. Und selbst als sie noch lebte, hat sie nicht viel zustande gebracht.«

ChooChoo sprang auf und verpasste mir eine Ohrfeige, die mich zurücktaumeln und zu Boden gehen ließ. »Hör auf, so über deine Mutter zu sprechen, Junge«, knurrte er und sah mich scharf an. »Du hast keine Ahnung, was sie alles für dich getan hat.«

Ich rappelte mich auf und verließ das Büro, die Hand an der Wange. Sollten sie mich doch alle in Ruhe lassen.

Ich ging nach oben, legte mich auf die Couch und versuchte, ein paar Stunden zu schlafen. Als ich wieder aufstand, war es früher Nachmittag. Es würde ruhig sein im *Guinevere's*, einem Coffeeshop sechs Blocks den Hügel runter.

Meine Lieblingsbarista im *Guinevere's* war Nikki, ein Mädchen, in das ich seit der fünften Klasse verknallt war. Nikki war ein Jahr älter als ich und eine Klasse über mir. Sie trug ihr blondes Haar stachelig kurz über ihren elfenhaften Ohren, und ihre Augen waren von einem so blassen Blau, dass sie von Wölfen hätte abstammen können. Sie verschönerte diverse Teile ihres Körpers mit Filzstift-Gekritzel und immerzu wechselnden Henna-Tattoos. Heute bedeckte ein brauner Totenschädel, aus dessen Augenhöhlen sich Schlangen wanden, die Haut unter dem offenen Kragen ihres Hemdes.

Ich hatte das *Guinevere's* das erste Mal einen Tag nach der Eröffnung betreten. Ich war eher skeptisch hineingegangen, neugierig, ob ein vernünftiger Coffeeshop in Gehweite zu meinem Zuhause tatsächlich im Bereich des Möglichen lag. Ich hatte nicht damit gerechnet, von Nikki begrüßt zu werden, aber mehr brauchte es nicht, um das *Guinevere's* augenblicklich zu einem meiner Lieblingsorte zu machen. Ich hatte tief durchgeatmet und einen doppelten Espresso bestellt.

»Willst du nicht lieber 'ne heiße Schokolade, Süßer?«, hatte Nikki gefragt und mich durch ihren Pony hindurch angesehen. »Mit Schokostreuseln obendrauf?«

»Ich bin nicht so für Süßes.«

»Dann glaube ich dir das mal.« Nikki nahm mein Geld, lächelte und steckte das Wechselgeld ohne zu fragen in ihre Trinkgeldkasse. Sie mahlte die Bohnen, presste das Pulver fest zusammen und ließ dampfend heißes Wasser hindurchschießen, bis der schwarzbraune Espresso in eine winzige weiße Tasse tropfte. Sie hatte mir die Tasse gereicht und zugesehen, wie ich sie in einem Zug leerte. Dann hatte sie genickt. »Du bist wirklich eher der bittere Typ.«

Als ich dieses Mal das Café betrat, saß eine Hand voll Tagediebe an den Tischen, über ihre Laptops gebeugt und bedächtig ihre Cappuccinos trinkend. Ansonsten war das Café leer. Der Innenraum war winzig und bot nur Platz für etwa ein Dutzend schlanke Kunden. Die Wände waren einen Zentimeter dick mit Plakaten von ortsansässigen Bands gepflastert, die Namen hatten wie Goldfinch, Pablo Trucker, Motopony und Youth Rescue Mission. Aus den Lautsprechern klang *White Winter Hymnal* von den Fleet Foxes. Die Theke, hinter der Nikki stand, war aus rotem

Resopal und Chrom und sah aus wie aus einem Diner aus den 50ern. »Was geht, Süßer? Warum warst du heute nicht in der Schule«?

»Du musst mir zeigen, wie man Kaffee kocht.«

»Kann ich nicht. Betriebsgeheimnis. Wenn ich es dir verrate, müsste ich dich –«

»– umbringen? Wäre gerade nicht das Schlechteste.«

»Was ist los?«

»Ich will nicht drüber reden.«

Nikki zuckte mit den Schultern. Sie gehörte zu den wenigen Menschen, die wussten, wann man besser aufhörte zu fragen. Ich erklärte ihr ganz sachlich, dass ChooChoo mir eine Mietminderung zugesichert hatte, wenn ich mich um den Kaffee in seinem Boxclub kümmerte.

»Dann sollte es wohl besser guter Kaffee sein. Komm mal her.«

Ich trat hinter die Theke. Nikki füllte einen weißen Emaille-Teekessel mit Wasser und stellte ihn auf den Gasherd. »Worin kocht ihr den Kaffee im Boxclub?« Ich beschrieb ihr ChooChoos alte, ranzige Kaffeemaschine, bis Nikki mich unterbrach. »Wenn du versprichst, meinem Boss nichts zu sagen, mach ich dir einen guten Preis für ein paar alte Sachen aus dem *Guinevere's* – eine Kaffeemühle, eine Kaffeepresse, und, falls ChooChoo nicht den ganzen Kaffee auf einmal trinken will, eine Thermoskanne. Und du brauchst Bohnen. Vielleicht kann ich dir die Bohnen sogar umsonst besorgen, aber dann musst du um einiges netter zu mir sein als heute.«

Als sie das sagte, hätte ich beinahe losgeheult. Keine Ahnung, warum.

Als der Teekessel zu pfeifen begann, drehte Nikki das Gas aus. Die Flamme verschwand mit einem sanften Zischen. Nikki nahm einen kleinen metallenen Messlöffel in die Hand und winkte damit in meine Richtung. »Jetzt pass auf. Bei gutem Kaffee geht es um die Details. Als Erstes: Mahle nur so viele Bohnen, wie du brauchst.«

Sie füllte die dunkelbraunen Bohnen in die Öffnung einer Kaffeemühle, drückte für ein paar Sekunden auf einen Knopf und schaltete die Mühle wieder aus. »Siehst du das? Grob gemahlen. Im Gegensatz zu Espresso solltest du Kaffeebohnen nicht zu fein mahlen, sonst trinkt ChooChoo eine Tasse Matsch. Dann misst du mit dem Messlöffel eine Portion pro Tasse ab. Wenn du sechs Tassen machst, wie oft benutzt du den Löffel dann?«

»Sechsmal.«

»Kluges Köpfchen. Falls du ihn verlierst, tut's auch ein gestrichener Teelöffel. Aber nicht knausern. Und beeil dich beim Abmessen, denn Kaffee verliert an Aroma, sobald er gemahlen ist.«

Nikki tat ein paar Löffel des gemahlenen Kaffees in einen Glaszylinder und griff nach dem Teekessel. »Bring Wasser zum Kochen und zieh es dann vom Herd, bevor du die Bohnen mahlst. Bis die Bohnen gemahlen sind, hat dein Wasser die perfekte Temperatur. Und sorge dafür, dass deine Kaffeepresse einhundert Prozent sauber ist. Wenn ich jemals herausfinde, dass du eine dreckige Presse benutzt hast, erteile ich dir Hausverbot.« Nikki goss ein paar Fingerbreit heißes Wasser in den Glaszylinder. »Zuerst bedeckst du nur den Boden mit Wasser. Das komplette Pulver muss nass werden, aber mach die Presse noch nicht voll. Die Bohnen gasen noch ein bisschen aus.« Während sie sprach, bildete sich brauner Schaum an der Oberfläche der Flüssigkeit. »Danach kannst du langsam den Rest des Wassers hinzugießen. Nimm ein Messer oder den Griff von einem Holzlöffel und rühr ein paarmal um, damit du das ganze Aroma vom Boden wegbekommst. Dann machst du den Deckel drauf. Jetzt haben wir vier Minuten Zeit, in denen du mir erzählen kannst, was eigentlich los ist.«

Ich erzählte es ihr. Während ich sprach, starrte Nikki an die Decke. Nachdem ich geendet hatte, legte sie wortlos meine Hand auf den Kolben der Presse und drückte ihn langsam nach unten. Dann füllte sie die dunkle Flüssigkeit in eine weiße Keramiktasse und reichte sie mir. Während ich trank, nahm sie meine Hand in ihre und hielt sie fest. Der Kaffee war heiß und stark.

KAPITEL 6

Ich beschloss, nach Hause zu gehen und bei den Cops anzurufen, um rauszukriegen, was ich wegen Moms Leiche unternehmen musste. Ich wählte die Nummer, die auf Detective Carlyles Karte stand. Da niemand abnahm, hinterließ ich eine Nachricht.

Ich war müde, also legte ich mich auf Moms Couch und versuchte zu schlafen. Ich scheiterte eine gute Stunde lang, bevor ich endlich wegdöste. Als um siebzehn Uhr das Telefon klingelte, wachte ich auf. Es war eine automatische Ansage von der Schule. Die Computerstimme teilte mir mit, dass Seth Anomundy heute unentschuldigt in allen Fächern gefehlt hatte und dass ich, wenn ich irgendwelche Fragen hätte, das Schulbüro kontaktieren solle.

Heute hatte ich einfach schwänzen können, aber was sollte ich morgen machen? Einfach wieder hingehen, als sei nichts gewesen? Das Telefon klingelte erneut und unterbrach meine Gedanken. Es war Carlyle, der fragte, ob er vorbeikommen und mit mir reden könne. Ich stimmte zu und legte auf.

Während ich auf ihn wartete, beschloss ich, einen Kaffee für ChooChoo zu kochen. Ich ging runter zum Auto, um das Equipment zu holen, das Nikki mir mitgegeben hatte. Ich trat auf die Straße und griff in meine Hosentasche, um den Autoschlüssel herauszuholen.

In diesem Moment fuhr ein kobaltblauer Volvo auf mich zu und rammte mich beinahe mit der Stoßstange. Der Schlitten hatte 17-Zoll-Felgen, war aufwendig lackiert, und *Over* von Drake ließ die getönten Scheiben vibrieren. Ich hatte diesen Song schon immer gehasst. Vier Jungs in meinem Alter stiegen aus. Ich kannte sie alle, auch wenn ich auf ihre Bekanntschaft gut hätte verzichten können. Die Zwillingsbrüder Zach und Cody trugen einen Bürstenhaarschnitt und weite Footballtrikots, die kaum ihre breiten, muskulösen Schultern verdeckten. Ich hatte schon ein paar Jahre Sportunterricht mit ihnen hinter mir und war jedes Mal fasziniert von ihren Fähigkeiten, an Seilen hochzuklettern, Handtücher schnalzen zu lassen und vollkommen ungeniert nackt in der Umkleide herumzustehen. Der dritte Typ war ein dicker, rothaariger Brutalo, der mindestens einen Meter neunzig groß und hundert Kilo schwer war. Er hieß Carl, aber jeder nannte ihn nur Big Red. Er war ebenfalls im Footballteam der Schule, als Verteidiger. Kein wirklich talentierter Läufer, aber immer gut für einen Sprint durch die Mitte. Den vierten im Bunde, Erik Jorgenson, konnte man mit nur einem Wort beschreiben: umwerfend. Wäre unsere Highschool ein Königreich, Erik wäre der edle Prinz. Er war in jeder Sportart überragend und sobald sein Name während einer Schulveranstaltung erwähnt wurde, riefen 1600 Schüler Eee-rik, Eee-rik, Eee-rik. Ich hatte sogar selbst ein paarmal mitgemacht. Sein Vater war Chirurg und Erik war sportlich, groß, blond – und trug nun einen Baseballschläger in der Hand.

Erik führte die Gruppe an, die nun auf mich zutrat, und sagte: »Hey, Seth, warum machst du dir das Leben eigentlich unnötig kompliziert?«

Ich starrte den Baseballschläger an und fragte mich, welche Antwort wohl verhindern würde, dass er direkt in meinem Gesicht landete.

»Bist du taub? Ich hab dich was gefragt.«

»Sorry, ich hab mich zu sehr auf den Baseballschläger konzentriert. Mir gefällt, dass du dich für Holz anstatt Aluminium entschieden hast. Alte Schule.«

»Okay, du Klugscheißer, wie wäre es, wenn wir den Small Talk überspringen und dich direkt verprügeln?«

»Warum?«

»Weil du mit Azura abgehangen hast.«

»Ernsthaft? Seid ihr zwei immer noch zusammen? Sie hat dich gar nicht erwähnt.«

Erik holte aus und schlug zu. Er traf absichtlich daneben, aber ich war schwer beeindruckt von seinem eleganten Schwung – mit dem rechten Fuß voran und einer Ganzkörperdrehung, die mich an den jungen Ichiro Suzuki erinnerte. Offenbar hatte er eine Menge Zeit auf dem Baseballplatz verbracht. Ich fragte mich gerade, wie schnell er wohl rennen konnte, als plötzlich Big Red links von mir auftauchte und mir die Faust direkt in die Magengrube rammte. Ich klappte zusammen. Damit hatte ich nicht gerechnet. »Dein Gerede macht alles nur noch schlimmer, du Vollpfosten«, knurrte Red. »Halt einfach die Klappe und lass die Finger von ihr.«

Ich stand schneller wieder auf, als Red erwartet hatte. Das Training bei ChooChoo hatte mir ziemlich starke Bauchmuskeln verschafft. Ich boxte Red ebenfalls in den Magen. Seine Hände sanken nach unten, um einen weiteren Schlag abzuwehren, genau, wie ich vermutet hatte, und ich landete zwei schnelle Hiebe auf seinem Kinn, die ihn zu seinen Freunden zurücktaumeln ließen. Er wäre auf seinen Hintern gefallen, wenn sie ihn nicht aufgefangen hätten. Diese reichen Typen hatten einfach keine Ahnung, wie man richtig kämpfte. Ihnen fehlte die Erfahrung, die ich hatte – sowohl im Ring als auch auf der Straße. Aber ihre Überzahl und die Anwesenheit des Baseballschlägers machten mich trotzdem etwas nervös.

Erik holte erneut zum Schlag aus und hätte mich beinahe getroffen. Diesmal meinte er es ernst. Zach und Cody kreisten mich von hinten ein, sodass ich nicht wusste, wohin ich mich als Erstes wenden sollte.

»Hey Erik, hast du Azura eigentlich mal gefragt, was *sie* von der ganzen Sache hält?«

»Das geht dich einen Scheißdreck an.«

»Das geht mich sehr wohl etwas an, wenn du mich deswegen zusammenschlagen willst. Warum schickst du deine Freunde nicht nach Hause, legst diesen bescheuerten Schläger weg und kämpfst mit mir wie ein Mann?« Ich hoffte, dass sie auf so ein dämliches Angebot nicht vorbereitet wären.

»Netter Versuch«, erwiderte Erik. Er war schlauer, als ich dachte. Zach und Cody sprangen auf mich zu und packten meine Arme, bevor ich ihnen entwischen konnte. Ihr Griff war so fest, dass ich wahrscheinlich blaue Flecken davontragen würde. Da ich mich nun nicht mehr wehren konnte, holte Big Red erneut zu einem Schlag aus. Dieses Mal traf mich seine Faust wie ein Vorschlaghammer und lupfte meine Füße vom Boden.

Dann war Erik an der Reihe. Er benutzte seinen Schläger wie einen Rammbock und drosch auf meine Eingeweide ein. Dann zielte er auf mein Gesicht, doch ich konnte ihm so weit ausweichen, dass er nur am Kinn vorbeischrammte. Also nahm er sich wieder meinen Magen vor. Es tat höllisch weh.

Plötzlich erklang eine Sirene. Vom Aufruhr angelockt hielt ein Streifenwagen an, wie es hier in der Gegend öfter der Fall war. Das Blaulicht weckte Erinnerungen an letzte Nacht. Erik warf den Schläger von sich, seine Freunde ließen mich los und wandten sich von mir ab. Ich brach auf dem Boden zusammen.

Vom Bürgersteig aus sah ich zwei schwarze Stiefel aus der Beifahrerseite aussteigen und hörte, wie sich die Fahrertür öffnete und wieder schloss. Ein zweites Paar Stiefel gesellte sich zu dem ersten. Hände in Lederhandschuhen fassten zu mir nach unten und zogen mich auf die Füße. »Was ist hier los, Jungs?«, fragte der Cop von der Fahrerseite.

»Nichts, Officer«, erwiderte Erik. »Wir hängen nur zusammen rum.«

Ich hatte den Cop schon ein paarmal unsere Straße entlangfahren sehen, aber noch nie mit ihm gesprochen. Er betrachtete die vier Fremden. »Ihr Jungs seid nicht aus der Gegend, oder?«

»Nein, Sir.«

»Ihr solltet vorsichtig sein.« Dann sah er mich an und runzelte die Stirn. »Du da. Machst du den Jungs irgendwelchen Ärger?« Ich runzelte ebenfalls die Stirn. Das gefiel dem Cop gar nicht. »Wie heißt du?« Ich nannte ihm meinen Namen. »Buchstabier mir das.« Ich buchstabierte. S-E-T-H A-N-O-M-U-N-D-Y. »Chambers, mach mal 'ne Datenabfrage zu dem Jungen.« Chambers, der andere Cop, stieg wieder in den Streifenwagen und sprach in das Funkgerät. Nach ein paar Minuten steckte er den Kopf aus dem Fenster und sagte: »Komm mal kurz her, Dix.« Der Fahrer trat zu ihm und die beiden unterhielten sich mit gedämpfter Stimme. Dann kam Dix wieder auf mich zu und sagte: »Sieht so aus, als wäre hier letzte Nacht eine ganze Menge Polizei gewesen. Und anscheinend hast du auch so schon genug Ärger, ohne dich noch zusätzlich mit diesen Jungs anzulegen. Komischer Zeitpunkt, um auf den Putz zu hauen. Dieses Mal lassen wir dich davonkommen. Betrachte es als Warnung und hör auf, Ärger zu machen.« Ohne ein weiteres Wort zu den vier Supersportlern stieg Dix zu Chambers ins Auto und sie fuhren davon.

»Siehst du, wie es läuft?«, fragte Erik, sobald der Streifenwagen außer Sicht war. »Siehst du, wer hier das Sagen hat?« Er sprach schnell und mit merkwürdig hoher Stimme. Ich nahm an, dass er gleich seine Freunde abklatschen würde, doch er hob den Baseballschläger auf und stieß mir damit gegen die Brust. »Lass die Finger von Azura.« Dann brausten sie in ihrem blauen Volvo davon. Ich setzte mich wieder auf den Bürgersteig.

Auf keinen Fall hatte Azura diese Typen geschickt. Und wir waren niemandem begegnet, als wir gestern unterwegs gewesen waren. Das bedeutete, dass ihr Vater, Mr Lear, sie mir auf den Hals gehetzt hatte. Wahrscheinlich hatte er ihnen als Gegenleistung Praktika in seiner Investment-Firma versprochen. Die vier passten perfekt in Azuras Schickimicki-Welt: gut bei Kasse, gute Berufschancen und einen schlechten Charakter.

Ich atmete noch ein paarmal tief durch, dann holte ich

Nikkis Equipment aus dem Jeep und ging zurück in die Wohnung. Mein Handy klingelte. Laut Anruferkennung war es eine Nummer der Tacoma Police. Ich war zwar nicht in der Stimmung dazu, nahm aber trotzdem ab. Detective Carlyle teilte mir mit, dass er draußen warte. Ich bat ihn, hereinzukommen. Falls er mich ebenfalls verprügeln wollte, dann wenigstens nicht auf der Straße.

Carlyle betrat die Wohnung und setzte sich auf unsere alte Couch, die wie der übrige Raum auch erstaunlich gut zu ihm zu passen schien. Er konnte die Augen kaum offen halten und seine Kleidung war zerknittert. Ich schätzte ihn auf eins fünfundsiebzig und etwa neunzig Kilo. Er hatte einen eckigen Kopf und einen eckigen Körper – sein Oberkörper war fast genauso breit wie hoch. Mit seinen halb geschlossenen Augen wirkte er sowohl traurig als auch müde.

»Du hast mich angerufen, weil du ein paar Fragen hast. Und ich habe ein paar Neuigkeiten. Soll ich anfangen?«

»Okay.« Ich zog einen Stuhl unter dem Küchentisch hervor und setzte mich falsch herum darauf, die Lehne wie ein Schild zwischen Carlyle und mir.

»Der endgültige Autopsiebericht ist noch nicht fertig.« Carlyle rieb sich mit dem Handrücken über die Augen. »Aber es deutet alles darauf hin, dass toxische Substanzen zum Tode geführt haben.«

»Toxisch? Sie meinen Gift?«

Carlyle sah mich an. »So in etwa.«

»Also war es Selbstmord?«

Carlyle zuckte mit den Schultern. »Es könnte ein Unfall gewesen sein, Selbstmord, oder sogar Mord.«

»Mord? Jemand soll sie umgebracht haben?«

»Wir müssen die Leiche deiner Mutter noch für ein paar Tage behalten.«

»Und dann? Krieg ich sie dann zurück?«

»Um sie zu beerdigen, ja.«

»Keine Ahnung, wie so was geht.«

»Such dir jemanden, der dir hilft, Seth. Du musst doch irgendjemanden haben, an den du dich wenden kannst. Irgendwelche Familienmitglieder.«

»Sollte man meinen.«

Carlyle stellte mir ein paar Fragen zu Moms Kunden. Ich erzählte ihm von der Kirche, vom *Shotgun Shack*, von Nadel und der Fahrschule. Dann wollte er wissen, ob es noch andere Leute gab, die Mom an ihrem letzten Tag lebend gesehen haben könnten. Die einzigen, die mir einfielen, waren ChooChoo und ich.

Ich verschwieg ihm jedoch den Inhalt von Moms und meiner letzten Unterhaltung – dass sie und Miss Irene sich furchtbar gestritten hatten und sie deswegen so aufgebracht gewesen war, dass sie mir ein teures Paar Schuhe gekauft hatte. Ich wollte nicht, dass irgendein Verdacht auf Miss Irene fiel.

KAPITEL 7

Am Abend lag ich auf Moms Bett und simste Azura. Sie antwortete prompt und fragte mich, wie mein Tag war. *Interessant,* erwiderte ich.

Inwiefern?

Die Polizei hat mir mitgeteilt, dass meine Mom eventuell umgebracht worden ist.

Ernsthaft?

Ja. Vergiftet.

Von wem?

Wissen sie nicht. Vielleicht war es auch Selbstmord, aber das glaube ich nicht.

Ich hab was getan, was dir wahrscheinlich gar nicht gefallen wird.

Was?, schrieb ich.

Ich hab der Schulseelsorgerin von deiner Mom erzählt.

Welcher?

Miss Edelson. Sie will dich anrufen.

Warum hast du das gemacht?

Weil ich glaube, dass es wichtig ist für dich. Bist du sauer?

Nicht deswegen.

Weswegen dann?

Mich haben heute ein paar von deinen Freunden besucht.

Freunde? Wer?

Erik, Big Red und die Zwillinge.

Oh, erwiderte Azura.

Ja. Oh.

Was wollten sie?

Sie haben mir gesagt, dass ich die Finger von dir lassen soll, dann haben sie mich mit einem Baseballschläger zusammengeschlagen.

Du machst Witze.

Natürlich nicht.

Ich rufe Erik an.

Nicht nötig.

Das mache ich sowieso. Und danach komme ich zu dir.

Das ist keine so gute Idee. Ich glaube nicht, dass mein Magen noch mehr Schläge aushält.

Es entstand eine lange Pause, bevor Azura zurückschrieb. *Willst du nicht, dass ich komme?*

Ich antwortete prompt. *Doch.*

Eine Viertelstunde später klopfte sie an meine Tür. Ich ließ sie immer noch nicht in die Wohnung. Auf dem Flur suchte sie mich nach Schrammen und gebrochenen Knochen ab, was durchaus seinen Reiz hatte. Nachdem die Untersuchung beendet war, fragte ich sie, wo sie hinwolle. Sie schlug ein Café vor. Ich schlug das *Guinevere's* vor.

Der Coffeeshop war rappelvoll – an den kleinen Tischen drängten sich die Tätowierten, Gepiercten und Gesetzeslosen. Aus den Lautsprechern tönte ein fröhlicher Song von den Books, gerade so laut, dass er sich mit den Stimmen der Gäste vermischte. Ein Mann mit rasiertem Schädel, Nasenring und riesigen Ohrlöchern grinste von einem Tisch nahe der Theke zu uns hinüber. Azura hielt die ganze Zeit über meinen Arm umklammert, genau an der Stelle, an der sich vorher die Zwillinge festgekrallt hatten.

Nikki erschien hinter der dampfenden Espressomaschine. Ich stellte ihr Azura vor. Nikki begrüßte sie mit hochgezogenen Augenbrauen und warf mir dabei einen merkwürdigen Blick zu.

»Was ist?«, fragte ich, aber Nikki erkundigte sich nur nach unserer Bestellung. Ich orderte zwei Cappuccinos und einen Scone mit schwarzen Johannisbeeren. Azura wollte bezahlen, aber ich schob ihre Hand mit dem Geld beiseite. »Ich mach das.«

»Hey, ich kann für mich selbst bezahlen.«

»Da bin ich mir sicher.«

»Ich kann auch für mich selbst bestellen. Woher willst du eigentlich wissen, was ich will?«

»Vertrau mir«, erwiderte ich. »Das ist der beste Cappuccino der Stadt.«

Wir fanden noch zwei freie Plätze in einer Ecke. Als die Cappuccinos fertig waren, brachte Nikki sie zu uns an den Tisch, anstatt sie wie üblich nur auf der Theke abzustellen.

»Bedient ihr hier neuerdings?«, fragte ich.

»Nur dich, Süßer.« Sie setzte sich neben mich und warf mich dabei fast vom Stuhl. »Was dagegen, wenn ich hier ein paar Minuten Pause mache?« Azura lächelte halbherzig. Nikki fragte: »Du gehst auch auf die Heath, oder?«

»Richtig«, erwiderte Azura.

»Dachte doch, dass ich dich schon mal gesehen habe. Wie habt ihr zwei euch kennengelernt? In der Schule?«

»Bei mir zu Hause.«

»Echt? Macht Seth jetzt schon Hausbesuche?«

»In etwa genauso oft, wie du die Bestellungen an den Tisch bringst«, sagte ich leise.

Nikki nickte Azura zu. »Du hast deinen Cappuccino noch gar nicht probiert.«

Azura nippte an der Tasse und verzog das Gesicht.

»Schmeckt er dir nicht?«, fragte Nikki.

»Ich trinke normalerweise was Süßeres.«

»Das glaube ich dir sofort.«

»Sei nett, Nikki«, ermahnte ich sie.

Sie wandte sich zu mir. »Ich bin nett. Aber ich bin auch verwirrt. Deine Mom ist gerade erst gestorben, und du hast nichts Besseres zu tun, als dich mit einem Mädchen zu verabreden?«

Ich hätte Nikki gerne erklärt, dass das hier kein Date war. Zumindest kein richtiges. Aber ich wollte die Worte nicht laut aussprechen, also schwieg ich. Nikki saß noch ein paar Sekunden schweigend neben mir, dann ging sie wortlos davon.

»Nettes Mädchen«, sagte Azura.

»Sie *ist* nett.«

»Sag ich doch.«

»Es geht nicht darum, *was* du sagst, sondern *wie* du es sagst.«

»Erzähl das deiner Freundin. Dem netten Pitbull.«

»Pitbull? Das ist genau die richtige Rasse für die Gegend hier. Hast du einen Hund?«

»Hab ich.«

»Welche Rasse? Warte, lass mich raten. Irgendein Pudelmischling.«

Azura warf mir einen bösen Blick zu, dann trank sie einen großen Schluck Cappuccino. Ihre Lippen verzogen sich zu einem Lächeln, aber ihre Augen funkelten mich immer noch finster an. »Du glaubst, mein Leben wäre das reinste Zuckerschlecken, oder?«

»Vielleicht nicht nur, aber –«

»Aber was? Glaubst du wirklich, dass ich es so viel besser habe als du? Du hast meinen Dad kennengelernt. Ich bin mir sicher, dass er dir die Jungs auf den Hals gehetzt hat. Um ehrlich zu sein überrascht es mich noch nicht einmal.«

»Okay, also haben wir es beide schwer. Du hast einen Vater, der Jungs zusammenschlagen lässt, die dich mögen, und ich habe eine ermordete Mutter.«

Azura streckte ihre Hand über den Tisch und berührte mit den Fingerspitzen meinen Handrücken. »Was ist es bloß?«

»Was?«

»Ich frage mich die ganze Zeit, was ich an dir mag.«

»Na vielen Dank auch.«

»Halt die Klappe. Du siehst gut aus, auf eine spezielle Art und Weise. Und das weißt du auch. Aber da ist noch – irgendetwas anderes. Ich weiß nur nicht, was.«

»Vielleicht bin ich einfach nicht so ein Schleimer wie deine anderen Freunde.«

»Vielleicht.« Sie tauchte ihren Finger in den Milchschaum und betrachtete ihn. »Man sollte meinen, dass wenigstens der Schaum süß ist. Und, was hast du jetzt vor?«

»Keine Ahnung. Ich finde die Vorstellung schrecklich, dass Mom umgebracht worden sein könnte, aber irgendwie erleichtert es mich auch. Dann hat sie wenigstens keinen Selbstmord begangen. Das würde bedeuten, dass sie dieses

Mal nicht schuld ist. Sie war das Opfer. Ich kann auf jemand anderen wütend sein.«

Azura nahm einen weiteren Schluck Cappuccino. Diesmal verzog sie nicht das Gesicht. »Sobald man weiß, dass es bitter ist, ist es gar nicht so schlecht. Hat die Polizei irgendwelche Anhaltspunkte?«

»Carlyle hat mir zumindest nichts erzählt.« Ich brach ein Stück von dem Scone ab und hielt ihn an Azuras Mund. Ihre Lippen blieben verschlossen. »Das wird dir schmecken.«

»Das hast du vom Kaffee auch behauptet.«

»Und er schmeckt dir. Ich weiß, dass er dir schmeckt. Oder er wird es noch.« Ich bot ihr erneut den Scone an. Diesmal öffneten sich ihre Lippen und ich legte ihr das Gebäckstück in den Mund. Azura kaute lächelnd.

»Kann ich dich was fragen?«, sagte sie, nachdem sie runtergeschluckt hatte. »Ist das hier ein Date?«

»Kann sein. Was meinst du?«

»Kann sein. Immerhin hast du gesagt, dass du mich magst.«

»Ähhmm …«

»Du hast gesagt, mein Dad lässt Jungs zusammenschlagen, die mich mögen. Du bist zusammengeschlagen worden. Also …«

»Ich habe geredet, ohne nachzudenken.«

Azuras Augen weiteten sich. Sie lächelte, dann nahm sie den Scone und biss ein Stück ab. Sie kaute und trank einen Schluck Kaffee hinterher.

»Ich habe Erik angerufen, bevor ich zu dir gefahren bin.«

»Und? Was hat er gesagt?«

»Ich hab ihm erzählt, dass deine Mom gestern gestorben ist. Ich glaube, das hat ihn ganz schön fertiggemacht.«

»Na und? Er ist ein Vollidiot.«

»So schlimm ist er gar nicht.«

»Schon klar. Deswegen taucht er auch immer nur in Begleitung seiner Freunde auf.«

Sie nahm einen weiteren Schluck Kaffee und stand dann auf.

»Wo gehst du hin?«

»Ich brauche Zucker.«

In den nächsten zwei Stunden unterhielten wir uns oder saßen uns einfach schweigend gegenüber. Dann sagte ich Azura, dass sie nach Hause müsse, bevor ihr Dad einen Suchtrupp losschickte. Als ich mich von Nikki verabschiedete, starrte sie mich nur finster an. Azura und ich fuhren zum Boxclub zurück und ich begleitete sie zu ihrem Auto. Ihr Lexus war wunderschön. Sie war wunderschön. Beide wirkten völlig fehl am Platz in dieser Gegend. Natürlich gab es auch hier schöne Mädchen. Aber sie hatten den nötigen Mumm, um das raue Klima dieser Gegend auszuhalten. Ich bezweifelte, dass das auch für Azura galt. Sie war zu zerbrechlich, um hierzubleiben. Sie würde bald wieder verschwinden.

Anstatt die Fahrertür zu öffnen, lehnte sie sich dagegen und drehte sich zu mir um. »Ich weiß, was du denkst«, sagte sie.

»Tust du das?«

»Ja. Du denkst, dass ich wunderschön bin.«

»So so.«

»Jep. Und du fragst dich, ob du mich küssen sollst.«

»Glaubst du, dass dich jeder ununterbrochen küssen will?«

»Ich weiß nicht, ob alle das wollen. Aber ich weiß, dass du es willst. Du fragst dich, ob ich dich lassen würde. Würde ich. Du fragst dich, ob das so eine gute Idee wäre. Wäre es. Und du fragst dich –«

»Ich frage mich, wann du endlich die Klappe hältst«, sagte ich und küsste sie.

Die Straße vor dem Boxclub war dunkel und menschenleer. Nur die Lichter der Straßenlaternen und Ampeln erhellten die Nacht. Die Farben spiegelten sich im regennassen Asphalt und in Azuras Augen.

»Und was denke ich jetzt?«, fragte ich.

»Nichts«, erwiderte sie und küsste mich zurück. »Absolut nichts.«

KAPITEL 8

Am nächsten Morgen riss mich mein Wecker pünktlich zur Schule aus dem Schlaf. Ich beschloss, nicht zu gehen. Trotzdem war ich, eine halbe Stunde bevor ChooChoo normalerweise im Club auftauchte, unten in der Halle. Ich brachte Wasser zum Kochen, mahlte Bohnen und brühte genug Kaffee auf, dass die große Thermoskanne bis oben hin voll wurde. Dann ging ich wieder nach oben, duschte und zog mich an. Ich wollte ins *Shotgun Shack* zu Miss Irene.

Als ich wieder nach unten in die Halle ging, standen ChooChoo, Manny und zwei andere Trainer an einem Tisch um die Thermoskanne herum, erzählten sich Geschichten und füllten ihre Tassen wieder auf. »Hey du«, rief Manny. »Mit dem Kaffee hast du ChooChoo keinen Gefallen getan. Niemand wird mehr in den Ring wollen, wenn er dafür seine Tasse hier im Stich lassen muss.«

Alle lachten. ChooChoo sagte: »Gut gemacht. Wahrscheinlich kommen bald mehr Leute zum Kaffeetrinken her als zum Boxen. Hast du keine Schule heute?« Als ich den Kopf schüttelte, nickte ChooChoo wissend.

Ich stellte mich zu ihnen und trank eine Tasse mit. Ich lechzte nach ihren freundlichen Worten – auch wenn sie sich nur auf meine Kaffeekochkünste beschränkten. Und eins musste man Nikki und mir lassen: Es war wirklich verdammt guter Kaffee.

Anschließend fuhr ich zum *Shotgun Shack*, aber Miss Irene war nicht da. Checker Cab kochte und bediente gleichzeitig und hatte eine miserable Laune. Als ich nach Miss Irene fragte, fauchte er mich an: »Keine Ahnung, wo sie steckt. Gestern Nachmittag klingelte das Telefon, und nachdem sie aufgelegt hatte, ist sie ohne ein Wort gegangen. Ich musste alleine zumachen und dann auch noch alles putzen, weil deine Mom nicht mehr da ist. Tut mir übrigens leid, die Sache. Und heute Morgen hab ich Miss Irene auch nicht erreicht. Sie ist einfach verschwunden.«

Checker Cab warf dem dreckigen Geschirr, das sich auf den Tischen stapelte, einen finsteren Blick zu. »Sieht ganz so aus, als würde ich heute Abend wieder allein zumachen. Das bedeutet Überstunden. Das bedeutet mehr Geld. Aber wer bezahlt es mir?«

Checker bettelte, dass ich dableiben und ihm während des Mittagsansturms helfen solle. Er bot an, mich direkt aus der Kasse zu bezahlen und sein Trinkgeld mit mir zu teilen. Mir war klar, dass Checker mich über den Tisch ziehen würde, trotzdem willigte ich ein und begab mich in die Küche. In den nächsten drei Stunden steckte ich bis zum Hals in gebackenem Fisch, frittierten Maisbällchen und gedünstetem Kohl. Ich war noch nie allein in der Küche gewesen und das merkte man auch. Ich kam mit dem Essen nicht mehr nach, die Gäste blafften Checker an, wodurch er wiederum mich anblaffte. Doch als der Ansturm schließlich wieder nachließ, stellte ich fest, dass ich nicht ein einziges Mal an meine Mom gedacht hatte. Checker drückte mir für die drei Stunden dreißig Dollar in die Hand, dann fummelte er in der Kasse herum und gab mir schließlich noch mal zwanzig, die Hälfte seines Trinkgelds, wie er behauptete. Ich wusste, dass er mir mindestens zwanzig vorenthielt, aber damit hatte ich gerechnet. Ich hatte Checker noch nie sonderlich gemocht, und daran würde sich auch so schnell nichts ändern.

Auf dem Nachhauseweg fragte ich mich, wohin Miss Irene wohl gegangen war, und hoffte inständig, dass ihr Verschwinden nichts mit Moms Tod zu tun hatte. In diesem Moment klingelte mein Handy. Es war Carlyle, der mich fragte, ob ich für ein paar Minuten zu ihm aufs Revier kommen könne.

Ich mochte keine Cops. In unserer Gegend brachten Polizisten entweder schlechte Nachrichten oder machten einem das Leben schwer. Carlyle schien zwar ganz in Ordnung zu sein, aber auf ein ganzes Revier voller Polizisten konnte ich gut verzichten.

Trotzdem fuhr ich hin. Ich parkte vor der Tür und achtete darauf, genug Kleingeld in die Parkuhr zu werfen, um keinen Strafzettel zu riskieren. Als ich das Gebäude betreten wollte, kamen mir Dix und Chambers entgegen, die Polizisten, die Erik Jorgenson und seine Freunde vor mir gerettet hatten.

»Ärger im Anmarsch«, sagte Dix, stieß Chambers mit dem Ellbogen an und deutete in meine Richtung. Ich ignorierte sie und wollte an ihnen vorbeigehen, doch Dix hielt mich am Handgelenk fest. »Langsam, Cowboy. Hast du schon wieder Sehnsucht nach uns Cops, dass du jetzt sogar persönlich hier auftauchst?«

»Ich bin mit Carlyle verabredet.«

»Ahh. Wegen deiner Mommy. Traurige Geschichte.« Er versuchte, seiner Stimme einen väterlichen Klang zu verleihen. »Hör mal, Junge, dir ist was Schlimmes passiert, keine Frage. Du solltest die Sache vergessen und dein Leben weiterleben. Genauso machen wir es auch. Wir vergessen die Sache. Niemand hier hat Zeit, den Mord an jemandem wie deiner Mom aufzuklären. Sie steht nicht unbedingt ganz oben auf der Prioritätenliste, wenn du verstehst, was ich meine.«

»Klar und deutlich.«

»Nimm's nicht persönlich. So ist das Leben.«

Ich riss meine Hand los und betrat das Revier. Mein Herz hämmerte wie wild. Ich versuchte, ruhig zu klingen, als ich der Polizistin am Empfang meinen Namen nannte. Aber ich war nicht ruhig. Ich wollte am liebsten auf irgendetwas einschlagen. Ich wollte so fest darauf einschlagen, dass ich mir die Hand brach.

Kurze Zeit später erschien Carlyle. Er musterte mich und fragte dann: »Ist irgendwas passiert, wovon ich wissen sollte?«

»Nur ein kurzes Gespräch mit Ihren netten Kollegen.«

»Dix und Chambers?«

»Es muss eine Ehre sein, mit den beiden arbeiten zu dürfen.«

»Ja, sie haben erwähnt, dass sie dich gestern getroffen haben. Die zwei sind Idioten. Versuch einfach, sie zu ignorieren. Komm mal mit nach hinten zu meinem Schreibtisch. Willst du einen Kaffee?«

»Nein danke. Ich bin ziemlich kritisch, was Kaffee angeht.«

»Dann lass bloß die Finger von dem Zeug hier.« Er führte mich zu einer Arbeitsnische zwischen Dutzenden anderer Arbeitsnischen, alle im gleichen eintönigen Grau. Ich setzte mich auf einen fleckigen, ebenfalls grauen Stuhl neben Carlyles billigen Schreibtisch aus Pressspan. Es sah hier überhaupt nicht aus wie in den Polizeisendungen im Fernsehen. Die Polizisten waren vor allem müde und überarbeitet, die Möbel zerschlissen und alt. Alles wirkte irgendwie angestaubt.

»Wir haben neue Erkenntnisse im Fall deiner Mom. Allerdings weiß ich nicht genau, ob das gute oder schlechte Neuigkeiten für dich sind. Sie wurde positiv auf Zyankali getestet, demnach ist sie tatsächlich an einer Vergiftung gestorben.«

»Also wurde sie umgebracht?«

»Das kann ich nicht sagen.«

»Was können Sie denn sagen?«

Carlyle seufzte und öffnete eine Mappe, die auf seinem Schreibtisch lag. Er nahm ein blaues Blatt Papier heraus und las:

»Die Proben aus peripherem Blut, Mageninhalt, Gallenflüssigkeit, Urin und Mundschleimhaut wurden mithilfe der Spektroskopie präpariert. Der Zyankaliwert in den Proben belief sich auf: Mageninhalt – 260/1.000.000, Gallenflüssigkeit – 272/1.000.000, Blut – 256/1.000.000, Mundschleimhaut – 265/1.000.000. Fazit: Todesursache ist akutes Herzversagen nach Einnahme von Zyankali.«

»Und was bedeutet das?«

»Das, was ich gerade gesagt habe. Sie ist an einer Vergiftung gestorben. Wir können einen Selbstmord zwar noch nicht ganz ausschließen, aber ich gehe davon aus, dass sie ermordet wurde. Anhand des Todeszeitpunkts würde ich sagen, dass sie zunächst vergiftet, dann von ihrem Mörder zum Boxclub gefahren und auf die Fahrerseite ihres Autos gesetzt wurde.« Er suchte mein Gesicht nach einer Reaktion ab. Ich strengte mich an, keine zu zeigen. »Seth, wir haben uns die Kundschaft deiner Mutter angesehen und dabei etwas Interessantes herausgefunden. Eine Kundin von ihr ist spurlos verschwunden. Irene Dunlop. Sie ist die Besitzerin eines Restaurants namens *Shotgun Shack*.«

»Ich weiß, wer sie ist, und sie –«

»Warte. Laut eines Angestellten haben sie und deine Mom in letzter Zeit öfters heftig gestritten. Gestern habe ich mit Miss Dunlop telefoniert, aber nach einer halben Minute hat sie einfach aufgelegt. Sie wollte definitiv nicht mit mir reden. Laut ihres Angestellten hat sie das Restaurant sofort nach unserem Telefonat verlassen und seitdem hat sie niemand mehr gesehen.«

Carlyle dachte wahrscheinlich, ich sei froh darüber, dass er eine Verdächtige hatte. Ich teilte ihm jedoch mit, dass er auf dem völlig falschen Dampfer war. Sicher, Miss Irene und Mom hatten sich gestritten, aber sie hätte meiner Mutter niemals etwas zuleide getan.

»Und warum ist sie dann abgehauen?«

»Woher soll ich das wissen? Haben sie auch die anderen überprüft?«

»Wie ich schon sagte, wir haben alle überprüft. Aber es gibt keine weiteren Hinweise. Und wir haben nicht sonderlich viel Personal für einen Fall wie diesen zur Verfügung.«

»*Einen Fall wie diesen.* So was Ähnliches hat Dix auch gesagt.«

Carlyle seufzte. »Hör mal, ich tu, was ich kann, aber das ist nicht besonders viel. Vor allem, wenn diese Miss Dunlop so eine hervorragende Verdächtige abgibt.«

»Sie war es nicht«, beharrte ich. »Das kann nicht sein. Ich beweise es Ihnen, wenn es sein muss.«

»Und wie willst du das anstellen?«

»Keine Ahnung.«

»Du solltest dich aus der Sache raushalten, Seth.«

»Ich *muss* wissen, was passiert ist.«

Carlyle schüttelte den Kopf und sah mich durch seine halb geschlossenen Augen an. »Seth, wenn jemand deine Mutter umgebracht hat, dann ist dieser Jemand gefährlich. Ein kluger Junge wie du überlässt die Sache der Polizei. Du bist doch ein kluger Junge, oder?«

KAPITEL 9

Ich ging zurück nach Hause. Es war fast siebzehn Uhr und normalerweise hatte ChooChoo um diese Zeit viel zu tun, doch die Boxhalle war heute beinahe leer. ChooChoo kehrte mit einem Besen elegant um einen von der Decke hängenden Boxsack herum. Dieser Mann konnte einfach keinen Schritt tun, ohne wie ein Athlet auszusehen. Er sah mit feuchten Augen zu mir auf und lächelte.

»Hab grad an deine Mom gedacht.«

»Ich auch.« Ich erzählte ihm von meinem Treffen mit Carlyle. Während er mir zuhörte, klammerte er sich so fest an den Besenstiel, dass ich befürchtete, er würde ihn entzweibrechen.

»Und was hast du jetzt vor?«

»Ich will helfen, Moms Mörder zu finden, aber ich hab nicht den blassesten Schimmer, wo ich anfangen soll.«

ChooChoo stellte den Besen weg und warf mir ein Paar Handschuhe und einen Kopfschutz zu. »Ich auch nich'. Lass uns 'ne Runde boxen. Vielleicht bringt uns das ja auf eine Idee.«

Ich hatte noch nie gern mit ChooChoo geboxt, denn für ihn gab es nur ganz oder gar nicht. Er war fast fünfzig Kilo schwerer als ich und versuchte zwar, seine Schläge etwas abzumildern, aber trotzdem fühlten sie sich an, als würde man bleibende Schäden davontragen. Es gab dennoch nichts Besseres, um den Kopf freizubekommen. Im Ring mit ChooChoo konzentrierte ich mich nur noch darauf, zuzuschlagen und nicht geschlagen zu werden. Wenn ChooChoo ausholte, blieb keine Zeit, um sich Sorgen um Mädchen, Geld oder Mom zu machen. Wenn ich auch nur eine Sekunde abgelenkt wäre, würde ich kurz darauf mit einem Klingeln in den Ohren auf der Matte liegen und zur Deckenbeleuchtung hochblinzeln.

Wie immer versuchte ich, meine Schnelligkeit als Verteidigung einzusetzen. Und wie immer war ChooChoo schneller. Er drängte mich ganz allmählich in eine Ecke, bis ich mit dem Rücken an den Seilen stand. Ich versuchte, mich unter seinen Hieben wegzuducken und wieder auf die freie Fläche zu gelangen, aber er tänzelte zur Seite und schnitt mir den Weg ab.

Unser Kampf endete wie üblich: ChooChoo half mir auf die Beine, nachdem er mich zu Boden geschlagen hatte.

»Und, denkst du noch an irgendwas?«, fragte er.

»Ja, ich denke, dass du mir den Kiefer ausgerenkt hast.«

Er lachte. Es tat gut, das zu hören.

»Chooch, ich habe keine Ahnung, wie ich die Sache angehen soll.«

»Dann fang mit dem Einfachsten an. Fang mit dem an, was du weißt, und mach von da aus weiter.«

Als ich die Stufen zur Wohnung hochstieg, klingelte das Telefon. Es war die Computerstimme der Highschool, die mir mitteilte, dass Seth Anomundy erneut einen ganzen Schultag verpasst hatte. »Danke für Ihre Anteilnahme«, sagte ich und legte auf.

Ich war müde. Ich sprang kurz unter die Dusche, ging dann ins *Pho Bac,* einer vietnamesischen Suppenküche um die Ecke, und bestellte zwei Becher Nudelsuppe zum Mitnehmen. ChooChoo und ich würzten die Suppe mit frischem Basilikum und ein paar Schnitzern Limette und aßen schweigend. Danach kehrte ich zurück in die Wohnung und legte mich schlafen.

Als ich am nächsten Morgen aufwachte, beschloss ich, die Schule abermals sausen zu lassen, kam meiner Kaffeekochpflicht nach und begab mich dann wieder zum *Shotgun Shack*, um mehr über Miss Irenes Verschwinden herauszufinden. Anschließend wollte ich die Kunden abklappern, bei denen Mom an ihrem letzten Abend geputzt hatte. ChooChoo hatte gesagt, ich solle mit dem Einfachsten anfangen – falls überhaupt irgendetwas davon einfach war.

Um zehn Uhr parkte ich vor dem Restaurant. Es war kein einziger Kunde da, nicht einmal Stanley Chang. Ich fragte mich, ob er seine regelmäßigen Besuche aufgeben würde, nun, da Miss Irene verschwunden war. Checker Cab wischte die vom Frühstück verschmierten Tische ab. Er hatte kein Interesse daran, sich mit mir zu unterhalten.

»Was willst du eigentlich hier?«, fragte er, während er achtlos zwischen den Tischen fegte.

»Ich versuche herauszufinden, wer meine Mom umgebracht hat.«

»Umgebracht? Glaubst du das im Ernst?«

»Die Polizei sagt, dass sie vergiftet wurde. Mit Zyankali. Dann wurde ihre Leiche zum Boxclub geschafft und dort ins Auto gesetzt.«

Checker Cab hielt mit dem Fegen inne und lehnte seinen dicken Bauch gegen den Besen. »Umgebracht. Kaum zu glauben.« Nach kurzem Zögern fragte er: »Gibt es eine Belohnung?«

»Eine Belohnung? Wofür?«

»Du weißt schon, für Informationen, die zur Aufklärung beitragen und so weiter.«

»Ich glaube kaum, dass die Cops so was machen.«

»Und was ist mit dir?«

»Mir?«

»Ja, gibt's von dir 'ne Belohnung?«

»Du bist echt ein Idiot, weißt du das?«

»Ich bin Geschäftsmann. Weiter nichts.«

»Okay, Checker. Wenn du Informationen für mich hast, die zur Aufklärung beitragen, dann geb ich dir Geld.«

»Wie viel?«

Ich hatte keine Ahnung, was für jemanden wie Checker viel Geld war. »Einhundert Dollar?«

»Für einhundert Dollar steh ich nicht mal auf.«

»Also gut, zweihundert.«

»Für zweihundert Dollar halte ich ein Auge offen. Für dreihundert Dollar halte ich beide Augen offen, rund um die Uhr.«

Ich dachte an die kleine Summe Geld in der Margarinedose. Dreihundert Dollar würden wehtun, aber ich war bereit, das Geld zu zahlen, wenn es dabei half, Moms Mörder zu finden. »Okay. Dreihundert. Aber du kriegst das Geld nur, wenn deine Informationen auch wirklich hilfreich sind.«

»Meinetwegen.« Er ging mit dem Besen in Richtung

Küche, obwohl bestimmt der halbe Raum noch nicht gefegt war.

Ich fragte Checker, ob er nicht doch irgendeine Ahnung hatte, wo Miss Irene hingegangen sein könne. Er raunzte mich an, dass er sie schon längst zurück zum Restaurant geschleift hätte, wenn er wüsste, wo sie war. Dann fragte ich, ob er da gewesen war an dem Abend vor zwei Tagen, als Miss Irene und meine Mutter sich gestritten hatten.

»Ja, ich war da. Aber wahrscheinlich hätte ich sie auch gehört, wenn ich bei mir zu Hause gewesen wäre. Diese Weiber können ganz schön aufdrehen. Hey, hast du Lust, heute wieder die Mittagsschicht zu übernehmen? Ich kann hier nicht die ganze Zeit allein die Stellung halten.«

»Heute kann ich nicht, Checker. Ich muss ein paar Nachforschungen anstellen.«

Als ich ging, dachte ich über Miss Irene nach. Sie war einen Tag nach Moms Tod verschwunden. Es musste einen Zusammenhang geben. Ich konnte mir nicht vorstellen, dass Miss Irene Mom vergiftet haben sollte. Aber wenn Miss Irene unschuldig war, warum war sie dann weggelaufen? Und wohin?

Ich beschloss, erst einmal Moms andere Kunden abzuarbeiten. Ich ließ den Jeep vor dem Restaurant stehen und ging quer über die Sixth Avenue zur *Trinity Presbyterian Church.*

Die Sixth Avenue bildete die nördliche Grenze von The Hilltop, einem der rauesten Viertel von Tacoma. Meinem Viertel. Das *Shotgun Shack* lag genau an dieser Grenze. Es folgte ein dreieckiger Block namens *The Wedge,* der, wie der Name schon sagte, eingekeilt war zwischen Sixth Avenue und Division Street. Am nördlichen Ende von *The Wedge,* gegenüber der Division, lag *The North End,* der reiche Teil der Stadt, wo Familien wie die Lears wohnten.

The Wedge war eine Übergangszone – dort herrschte Waffenstillstand zwischen Arm und Reich, Schwarz und Weiß. Die *Trinity Church* lag genau an der Spitze davon. Die Menschen, die in die *Trinity* gingen, lebten entweder in *North End,* wo alles völlig überteuert war, oder am Rand von *The Hilltop,* wo es wunderschöne alte Häuser für kleines Geld gab und der amerikanische Traum vom Aufstieg des kleines Mannes immer noch existierte, trotz der leeren Schnapsflaschen am Straßenrand.

Die *Trinity* war eine kleine Kirche. In den Innenraum passten um die zweihundert Leute, aber die wenigen Male, die ich da gewesen war, hatten nicht mehr als hundertzwanzig den Gottesdienst besucht. Trotzdem war hier die ganze Woche über immer etwas los, mit Nachmittagsbetreuung, den Treffen der Anonymen Alkoholiker, einer Essensausgabe, einer Kleiderkammer und einmal wöchentlich einer fahrenden Klinik, in der ich meine Impfungen gegen Masern und Mumps bekommen hatte.

Die Kirche hatte schon bessere Tage gesehen. Sie war etwa hundert Jahre alt, mit bunten Glasfenstern, verziertem Mauerwerk und einer mindestens zwölf Meter hohen Decke. Doch der Putz bröckelte, das Dach war undicht und die Fenster hatten Einschusslöcher von Luftgewehren.

In der Kirche war es dunkel. Ich versuchte es an der Tür, doch sie war abgeschlossen. Als ich das Schlüsselloch unterhalb der Türklinke bemerkte, fiel mir ein, dass ich ja Moms Schlüsselbund hatte. Als Putzfrau besaß sie Schlüssel von allen Kunden. Das bedeutete, dass ich nun jederzeit sämtliche Türen öffnen konnte.

Doch anstatt einen von Moms Schlüsseln zu benutzen, ging ich zum Büro der Kirche, das sich in einem kleinen Gebäude nebenan befand. Durch das Fenster sah ich eine Frau, die am Schreibtisch saß, also klopfte ich und trat ein. Auf ihrem Schreibtisch stand ein Namensschild mit der Aufschrift Diane Niebauer. Diane war hübsch, aber plump und hatte ihre blonden Haare kurz und adrett geschnitten. Ich schätzte sie auf etwa vierzig Jahre. Sie trug ein braunes, etwas zu enges Kostüm. Wahrscheinlich hatte sie es im Sale gekauft mit dem Vorhaben, abzunehmen, und sich dann gedacht: *Ach, scheiß drauf.*

»Kann ich dir helfen?«, fragte Diane mich lächelnd.

»Ich hatte gehofft, mit Pastor Vandegrift sprechen zu können.«

»Tut mir leid, mein Lieber, aber er ist nicht hier. Er besucht gerade Mrs Prentice im Krankenhaus. Aber ich kann ihm gern eine Nachricht zukommen lassen.«

»Hmmm, okay. Könnten Sie ihm sagen, dass Seth Anomundy da war?«

Dianes Lächeln verblasste. »Ach du meine Güte. Du musst Eves Sohn sein.« Sie kam hinter ihrem Schreibtisch hervor und zerquetschte mich fast mit ihrer Umarmung. »Ach, Schätzchen.« Sie ließ mich wieder los. Ihre Augen schwammen in Tränen, aber sie wischte sie mit einem Taschentuch fort, bevor sie ihr perfektes Make-up ruinieren konnten. »Das tut mir so leid. Natürlich sage ich Pastor V, dass du vorbeigekommen bist. Er wird sicherlich mit dir sprechen wollen.«

»Das wäre nett, denn ich versuche herauszufinden, wer meine Mom umgebracht hat.«

Diane sah plötzlich aus, als habe sie schlechten Messwein getrunken. »Du willst mit dem Pastor über Mord sprechen?«

»Genau. Über den an meiner Mom.«

Sie trat wieder hinter ihren Schreibtisch und setzte sich. »Ich habe keine Ahnung, was du diesbezüglich vom Pastor erfahren willst. Er ist ein guter Mensch.«

»Da bin ich mir sicher. Ich will nur mit ihm reden.«

»Warum sprichst du nicht mit mir und hältst ihn da raus?«

Ich erwiderte nichts und lächelte so höflich, wie es mir möglich war.

»Du bist aufgebracht«, sagte Diane. »Ich werde ihm deine Nummer geben.« Ich nannte ihr meine Handynummer und sie notierte sie sorgfältig auf ein Post-it. »Sonst noch was?«

Ich war mir ziemlich sicher, dass ich von Diane kein Lächeln mehr bekommen würde, deswegen verneinte ich. Dianes Reaktion machte mir nichts aus. Sie liebte ihren Chef und versuchte, ihn vor allem Bösen zu bewahren. Ich wünschte, ebenfalls jemanden in meinem Leben zu haben, der mich beschützte.

Ich wollte gerade gehen, als Diane mich zurückhielt. »O Seth, ich habe noch eine Frage. Hättest du Interesse daran, hier in der Kirche zu putzen? Wir sind ein bisschen verzweifelt. Wir würden dir dasselbe zahlen wie deiner Mom.«

Ich dachte kurz darüber nach. Sollte ich mich geehrt fühlen, weil sie mir so weit vertraute, um mich allein in der Kirche arbeiten zu lassen? Oder sollte ich sauer sein, weil meine Familie für sie ausschließlich aus Putzkräften bestand? Wie auch immer, ich wollte diesen Job nicht machen und lehnte dankend ab. Es musste einen besseren Weg geben, an Geld zu kommen, als hinter braven Kirchenkids herzuwischen.

KAPITEL 10

Als ich zurück zum Jeep ging, klingelte mein Handy. Es war Miss Edelson, die Schulseelsorgerin. Sie entschuldigte sich, dass sie sich erst so spät bei mir meldete, aber sie hatte gedacht, dass ich vielleicht ein paar Tage brauchte, um einen klaren Kopf zu bekommen. »Wir beide müssen uns unterhalten, Seth. Wir brauchen einen Plan.«

»Ein Plan klingt gut«, sagte ich und willigte ein, am nächsten Tag um zwei Uhr zu ihr zu kommen.

Ich hatte vorerst genug vom Ermitteln, daher ließ ich die Kirche Kirche sein und begab mich zu einem für mich genauso spirituellen Ort – *King's Books,* ein großer Secondhand-Buchladen auf der St. Helens Avenue. Ich wollte zu Sweet Pea, dem rothaarigen Ladenbesitzer, der anscheinend rund um die Uhr im Laden war, zwölf Stunden am Tag, sieben Tage die Woche. Sweet Pea hatte den Laden vom Vorbesitzer übernommen und ihn in ein unkonventionelles Mekka für Buchliebhaber verwandelt.

Der Laden bestand aus einem Labyrinth aus Holzregalen, die mit handbeschrifteten Karten in verschiedene Bereiche aufgeteilt waren: Geschichte, Mystik, Literatur, Lebenshilfe. Miko, die getigerte, zehn Kilo schwere Katze, gehörte praktisch zum Inventar und konnte einem so heftig am Hosenbein entlangschubbern, dass man fast umfiel. Außer mit den Regalen war der Laden mit unterschiedlichen antiken Tischen und ziemlich unbequemen Stühlen möbliert. »Man sollte es den Kunden nicht zu gemütlich machen«, hatte Sweet Pea mir einmal gesagt, »sonst wirst du sie nie mehr los.«

Sweet Pea war groß, dürr, halb Ire und halb Amerikaner. Er hatte sein tomatensuppenrotes Haar meist zum Pferdeschwanz gebunden und trug gern alte Westernhemden. Sein grauenvoller Kleidungsstil bildete einen interessanten Kontrast zu einem schwarzen Gürtel in Kung Fu, einer erstaunlichen Literaturkenntnis und einer handverlesenen Sammlung von Graphic Novels, meiner persönlichen Lieblingsabteilung im *King's Books.*

Ich betrat den Laden. Heute sah Sweet Peas Hemd aus wie eine leuchtend rote Version einer Bürgerkriegsuniform. An der Kasse hatte sich eine kleine Schlange mit Kunden gebildet.

»Mr Pea«, begrüßte ich ihn.

»Mr Anomundy.«

»Gibt's neue Graphic Novels, die ich ganz schamlos lesen sollte, ohne sie zu kaufen?«

»Möglich. Hat dir der Jacques Tardi gefallen, den ich dir letztes Mal gezeigt habe? Wir haben gerade einen neuen reinbekommen. Er liegt auf dem Tisch mit den Neuheiten. Ich bin in einer Minute bei dir.«

Tardi ist ein Franzose, der die meisten seiner Graphic Novels in den Siebzigern gezeichnet hat. Ich hatte *Killer stellen sich nicht vor* gelesen, in dem es um einen durchschnittlichen Typen geht, der in ein Umfeld aus Kriegsverbrechern und Attentäter hineingezogen wird. Tardis Zeichnungen sehen zwar aus wie Schwarz-Weiß-Versionen von Tim-und-

Struppi-Comics, aber in seinen Geschichten wird geschossen, geblutet und gestorben.

Das neue Buch, das ich auf dem Tisch fand, hieß *Grabenkrieg*. Es sah aus, als ginge es um den Zweiten Weltkrieg oder irgendeinen anderen uralten Konflikt. Ich blätterte durch die Seiten voller handgezeichneter Gewalt, bis Sweet Pea zu mir herüberschlenderte.

»Tardi ist ein Genie, findest du nicht auch?«

»Das andere, das du mir verkauft hast, hat mir gefallen«, sagte ich, »aber das hier sieht mir ein bisschen zu sehr nach Geschichtsunterricht aus.«

»Erster Weltkrieg. Der blutigste von allen. Du solltest dir ab und zu ein bisschen Geschichte zu Gemüte führen, Anomundy. Die blutigsten Dinge passieren im wahren Leben.«

»Ich hätte dich niemals für einen Geschichtsfreak gehalten, Mr Pea.«

»Aber sicher doch. Glaubst du, ich lese nur erfundenes Zeug? Natürlich ist die halbe Geschichtsschreibung ebenfalls erfunden, aber wie heißt es so schön am Anfang von Filmen: Nach einer wahren Begebenheit.«

Ich kaufte den Tardi und nahm ihn mit nach Hause. Für den Rest des Tages lag ich auf Moms Schlafcouch, las das Buch in einem Rutsch durch und danach noch einmal bis zur Hälfte, nur unterbrochen vom Schulcomputer, der mich anrief und mich davon in Kenntnis setzte, dass ich erneut die Schule verpasst hatte.

Mehrere Hundert Menschen verloren in diesem Buch ihr Leben. Den Gedanken, dass andere Menschen ebenfalls starben, empfand ich als seltsam tröstlich. Der Tod geschah nicht nur in meiner Familie. Der Tod machte überall auf der Welt normale Kinder wie mich zu Waisen.

Das erinnerte mich an einen Song von den Flaming Lips. Ich suchte auf meinem alten, verkratzten iPod danach und spielte ihn ab. Der Song war sanft, traurig und langsam, und ich hörte ihn wieder und wieder.

Do you realize
that you have the most beautiful face?
Do you realize
we're floating in space?
Do you realize
that happiness makes you cry?
Do you realize
that everyone you know someday will die?

Am Abend fuhr ich erneut zum *Shotgun Shack*. Noch auf dem Parkplatz starrte ich durch die Fenster des Restaurants auf der Suche nach Miss Eye, aber sie war nicht da. King Georges schwarzes BMX-Rad lehnte an der Wand.

Ich ging hinein. Stanley Chang war wieder nicht da. In einer Ecke beugte sich King George über seinen Teller und säbelte mit einem Buttermesser an einem Rib-Eye-Steak herum. Ihm gegenüber mit dem Rücken zu mir saß ein kleiner Mann, den ich zunächst nicht erkannte. Doch dann neigte der Mann den Kopf auf eine Art, die mir bekannt vorkam. Es war Nadel. Ich hatte ihn noch nie zuvor im *Shotgun Shack* gesehen. Warum kam er hierher? Nadel war mit seinem Essen genauso pedantisch wie mit allem anderen auch. Er war ein Gesundheitsfanatiker und ernährte sich ausschließlich vegetarisch, im *Shotgun Shack* jedoch gab es eigentlich nur frittiertes Zeug mit einer dicken Panade.

Nadel und King George waren in ein Gespräch vertieft, deswegen konnte ich sie unbemerkt beobachten. Nadel hatte nur Kaffee und Toast bestellt, aber selbst von hinten konnte ich erkennen, wie er seinen Toast sorgsam mit der Gabel zerteilte. Er war in jeder Hinsicht klein und alt – dünne Handgelenke, dünner Hals und ein schmaler Kopf mit dünner werdendem Haar.

King George war das genaue Gegenteil. Seine Muskeln wölbten sich unter dem T-Shirt, seine Stimme strotzte vor Selbstbewusstsein und seine riesigen Hände wirkten, als könne er Nadel mit zwei Fingern zu Brei zerquetschen.

Es gab keine freien Tische mehr, also ging ich in die Küche, wo Checker gleichzeitig kochte und vor sich hin fluchte. Er fragte, ob ich mir einen Notizblock holen und Bestellungen aufnehmen könnte. Ich sagte, dass ich lieber kochen würde. Checker nickte, gab mir seine Schürze und ging in den Speiseraum, um die ungeduldigen Gäste zu beruhigen.

Der Stapel an Bestellungen war riesig. Ich nahm mir die erste vor – frittiertes Hühnchen mit Maisbrot. Das gefiel mir, also machte ich das Essen gleich in doppelter Ausführung. Einen Teller stellte ich in die Durchreiche, den anderen aß ich selbst. Dann begann ich, die Essenswünsche so schnell abzuarbeiten, wie ich konnte. Mir fiel auf, dass einige meiner Bewegungen – die Art, wie ich den Fisch in Maismehl wendete oder die Brötchen aus dem Ofen zog – die gleichen waren wie bei Miss Irene. Ich war noch lange nicht so schnell wie sie, aber ich wurde besser.

Drei Stunden und Dutzende von Bestellungen später

schloss Checker Cab die Tür hinter dem letzten Gast ab, drehte das Geöffnet-Schild um und dimmte das Licht. Anstatt mir zu danken, maulte er: »Und jetzt? Hier sieht's aus wie im Schweinestall und deine Mom ist nicht da, um sauber zu machen.«

Ich sagte ihm, er solle nach Hause und ins Bett gehen. Er drückte mir hundert Dollar in die Hand und verschwand, während ich dablieb und sauber machte. Ich brauchte drei Stunden – zwei Stunden länger als gedacht. Ich wischte, fegte, spülte, seifte ein und wusch ab. Es war nach Mitternacht, als ich den Laden abschloss und ging.

Ich hatte keine Lust mehr, zu putzen und dabei an Mom zu denken. Sie war viel besser darin als ich. Sie hätte darüber gelacht, dass ich den Boden gewischt hatte, ohne vorher die Tische sauber zu machen, denn das bedeutete, dass ich den Boden danach noch einmal wischen musste. Dieser Abend hatte mir gezeigt, wie hart ihr Job gewesen war – tagtäglich.

Obwohl ich total erschlagen war, hatte ich noch keine Lust, nach Hause zu gehen. Ich fuhr zu Azura, stieg aus dem Auto, lehnte mich dagegen und beobachtete das Haus. Azura mochte mich vielleicht, aber dem Rest der Familie konnte ich wahrscheinlich gestohlen bleiben. Wie als Antwort auf meine Gedanken ging das Licht auf der Veranda an und die Haustür öffnete sich. Azuras Vater trat in die offene Tür und starrte in meine Richtung. Er kam nicht zu mir herüber. Er trat nicht einmal hinaus auf die Veranda.

Ich wurde stocksteif. Doch als er da in der Tür seines millionenschweren Hauses stand und auf mein zweitausend-Dollar-Auto blickte, wirkte dieser reiche Mann mindestens ebenso nervös wie ich. Langsam dämmerte mir, dass Azuras Vater Angst vor mir hatte. Ich lächelte. Ich war eine Unbekannte für ihn. In seiner Welt trug man tagsüber Anzug und abends Poloshirt, während ich den ganzen Tag in ausgebeulten Jeans und Tanktop herumlief. Seine Welt bestand aus gepflegten Unterhaltungen und Cocktails, meine aus Faustkämpfen und billigem Fusel. Vielleicht war Mr Lear deshalb nicht persönlich zu mir gekommen, um mit mir zu reden, sondern hatte stattdessen lieber seine vier Schlägertypen geschickt. Auch jetzt trat der Millionär keinen einzigen Schritt auf mich zu. Am liebsten hätte ich mich auf ihn gestürzt, nur um zu sehen, ob er zurückwich.

Einerseits hätte ich gern mit Mr Lear geredet und ihm versichert, dass ich ihm seine Tochter nicht wegnehmen würde. Andererseits – was konnte ich schon sagen, was den Mann ernsthaft kümmerte? Sollte ich ihm sagen, dass meine Mom gestorben war? Dass ich bei Azura ein wenig Trost suchte? Dass sie sich aus dem gleichen Grund zu mir hingezogen fühlte? Er würde sicherlich kein Mitleid mit mir haben und nur wenig mehr mit seiner eigenen Tochter. Es gab nur eine Sache, die Mr Lear beschwichtigen konnte, und wir kannten sie beide: Wenn ich eingestand, dass es nicht halten würde. Dass es keinen Unterschied machte, wie sehr Azura und ich uns mochten. Dass die Adressen unserer Viertel einfach zu weit auseinanderlagen. Ich wünschte, es wäre anders. Ich stieg wieder ins Auto und fuhr Richtung Süden davon. Nur ein paar Straßen weiter vibrierte mein Handy. Ich fuhr rechts ran, nahm es aus der Tasche und las eine Nachricht von Azura.

Danke, dass du vorbeigekommen bist.

Hab's fast bis zur Haustür geschafft, schrieb ich zurück.

Daddy mag dich nicht.

Hab ich auch schon bemerkt.

Hat dich heute irgendjemand wegen mir zusammengeschlagen?

Zum Glück nicht, erwiderte ich.

Ich scheine meinen Einfluss zu verlieren.

Darüber würde ich mir keine Sorgen machen.

Gibt es was Neues von deiner Mom?

Ich berichtete ihr von meiner Unterhaltung mit Carlyle vom Tag zuvor – dass Mom mit ziemlicher Sicherheit mit Zyankali vergiftet worden war. Ich erzählte ihr auch, dass Carlyle Miss Irene im Verdacht hatte.

Und was denkst du?, fragte Azura.

Ich glaube nicht, dass Miss Irene was damit zu tun hat.

Warum glauben es dann die Cops?

Weil Miss Eye und Mom sich gestritten haben. Und weil Miss Eye verschwunden ist.

Warum?

Keine Ahnung.

Hoffst du vielleicht einfach nur, dass sie unschuldig ist?

Vielleicht, antwortete ich.

Miss Irene war wie eine zweite Mutter für mich. Ich vermisste sie furchtbar. Sie war die Einzige, mit der ich im Augenblick über Mom reden wollte und darüber, wie es jetzt weiterging. Ich klammerte mich an den Glauben, dass sie genauso litt wie ich – und dass sie Mom genauso vermisste. Ich brauchte Miss Irene. Sie konnte einfach nicht schuldig sein!

Um zehn Uhr am nächsten Morgen klingelte mein Telefon. Es war ein Mann namens Wayne Carter von der *Allied All-*

stars Driver's Academy, der Fahrschule, in der Mom geputzt hatte. Er sagte, er habe meine Nummer aus Moms Bewerbung, in der ich als Notfallnummer angegeben war.

»Und Sie haben einen Notfall?«, fragte ich.

»Nicht im herkömmlichen Sinne«, erwiderte Wayne, »aber mein Büro ist ein Saustall und ich brauche jemanden, der es sauber macht. Kennst du zufällig jemanden?«

Ich log und sagte, dass ich interessiert sei, dann log ich noch mal und erzählte, wie erfahren ich sei, weil ich oft mit meiner Mutter zusammen geputzt hätte. Er fragte, ob ich vorbeikommen könne.

Eine Stunde später parkte ich vor der Fahrschule. Sie lag an der Nordseite der Sixth Avenue, etwa eine halbe Meile westlich vom *Shotgun Shack.* Ich mochte diesen Straßenabschnitt, denn er wurde mehrere Hundert Meter lang von Restaurants, Friseuren, Cafés und kleinen Geschäften gesäumt. Eingequetscht zwischen einem Tattoostudio namens *House of Tattoo* und einem gehobenen Lokal namens *Crown Bar* lag die Fahrschule. Sie bestand aus ein paar Kursräumen, einem Wartebereich, in dem einige Möbel sogar zusammenpassten, und einem kleinen Büro hinter dem Empfangstresen. Als ich die Eingangstür öffnete, ertönte ein akustischer Gong, und aus dem Büro rief mir die Stimme eines Mannes zu, dass sofort jemand zu mir kommen würde.

Während ich wartete, betrachtete ich die große Pinnwand im Wartebereich, die mit Fotos übersät war. Jedes Foto zeigte einen Fahrer, der neben einem Auto stand und eine Urkunde hochhielt. Fast alle waren Teenager und wirkten jung und glücklich. Ich war mir ziemlich sicher, dass ich niemals so jung ausgesehen hatte wie diese Kids.

Ich suchte die Fotos ab, in der vagen Hoffnung, ein Bild von Azura zu finden. Ein Auto kam mir bekannt vor – ein schwarzer, glänzender Lexus. Es war tatsächlich Azura! Das Foto konnte nicht älter als ein paar Monate sein, aber das Mädchen darauf sah anders aus als das, das ich kannte – mit einem breiten, unbeschwerten Lächeln.

Auf Höhe des Kofferraums stand eine Frau, deren Gesicht sich jedoch außerhalb des Bildausschnitts befand. Sie trug eine Arbeitsuniform, als wäre sie gerade von ihrem Job in einem Discounter gekommen. Hatte Azura etwa eine Freundin, die als Kassiererin arbeitete? Ich nahm das Foto von der Wand und steckte es in die Tasche.

Kurz darauf kam Wayne Carter aus dem Büro, mit einem Stapel Formularen in der Hand und einem abgehetzten Ausdruck im Gesicht. »Wahrscheinlich siehst du schon, warum ich angerufen habe«, sagte er und deutete auf den Wartebereich, wo ein Mülleimer mit Schokoriegel-Verpackungen und zusammengeknüllten Coladosen überquoll. Der Teppich musste dringend gesaugt werden. »Meine Kunden sind meist noch in der Highschool und gehen davon aus, dass die Welt hinter ihnen sauber macht. Diese verflixten Lümmel.«

»Meine Mom hat jeden Abend hier geputzt?«

»Von Sonntag bis Donnerstag«, bestätigte Wayne. Er war ziemlich dünn, mit hervortretenden Wangenknochen, dunklem Bartschatten und einem zerzausten Haarkranz auf dem fast kahlen Kopf. Er trug fingerlose Handschuhe und erinnerte mich an Bob Cratchit aus *Eine Weihnachtsgeschichte* von Charles Dickens. Wayne hielt kurz den Stapel mit Formularen hoch. »Hör mal, Junge, es tut mir echt leid, was mit deiner Mom passiert ist. Wenn dir das hier zu viel wird in deiner – wie nennt man das doch gleich –, deiner Trauerphase, dann verstehe ich das total. Ich bin nur ziemlich verzweifelt momentan.«

»Waren Sie an dem letzten Abend da, an dem meine Mutter hier geputzt hat?«

»Sie kam, als ich gerade ging. Wir sind uns auf dem Parkplatz begegnet. Eve war eine wahnsinnig liebenswürdige Person. Sie mag vielleicht nur die Putzfrau gewesen sein – du weißt, was ich meine, oder? –, aber sie hatte immer ein Lächeln auf den Lippen. Und sie hat immer ein bisschen was extra gemacht. Manchmal hat sie frische Blumen auf den Tisch dort gestellt. Und ich meine frisch, als hätte sie sie gerade aus irgendeinem Vorgarten gepflückt, inklusive Unkraut und Käfern. Manchmal hat sie auch einfach nur einen Zettel dagelassen. Hat sie dir jemals Zettel geschrieben? Letzte Woche stand auf einem: ›Fahren Sie vorsichtig. Und immer in den Rückspiegel gucken.‹ Irgendwie süß. Vielleicht ein bisschen albern. Aber ich habe jeden Morgen im Büro nach so einem Zettel gesucht.«

»Ist Ihnen an diesem letzten Abend irgendetwas aufgefallen?«

»Hmm, ich weiß nicht so genau. Wie ich schon sagte, wir sind uns nur auf dem Parkplatz begegnet. Sie hat wie immer gelächelt und Hallo gesagt, aber sie schien nicht ganz bei der Sache zu sein. Als wäre sie müde oder so. War sie krank?«

»Soweit ich weiß nicht.«

Er rümpfte die Nase, als hätte er gerade saure Milch gerochen. »Weißt du, ähmm … weißt du, woran sie gestorben ist?«

»Sie wurde vergiftet.«

»Wie meinst du das?«

»Sie wurde vergiftet, mit Zyankali. Es war Mord.«

»Ach du meine Güte. Wer bringt denn so eine nette Frau um?«

»Das ist die Frage. Haben Sie sie ins Gebäude gelassen?«

»Nein, sie hatte ihren eigenen Schlüssel. Den müsste ich übrigens zurückhaben. Du weißt nicht zufällig, wo er ist, oder?«

Ich schüttelte den Kopf und spürte gleichzeitig das Gewicht von Moms Schlüsselbund in meiner Tasche. »Hören Sie«, sagte ich, »ich glaube nicht, dass ich ihr Büro sauber machen kann –«

Wayne runzelte die Stirn. »Nein? Bist du sicher?«

»– aber ich bin eventuell daran interessiert, Fahrstunden zu nehmen. Wie teuer sind die?«

Das Stirnrunzeln verwandelte sich in ein Lächeln. »Wir haben gerade eine Sonderaktion für dreihundertfünfundvierzig Dollar.«

»So viel, ja?«

»Wenn du für mich putzt, dann geh ich noch mal runter mit dem Preis. Wir könnten einen Deal machen. Ich brauche wirklich dringend jemanden.«

»Ich – ich glaube, ich bin emotional noch nicht in der Lage dazu. Die Trauerphase, Sie wissen schon.« Ich verließ das Gebäude, stieg in Moms Jeep und fuhr davon. Irgendwann in der nächsten Zeit würde ich wohl oder übel mal meinen Führerschein machen müssen.

KAPITEL 11

Dreißig Minuten später rief Carlyle an und fragte, ob er mich zum Mittagessen einladen dürfe. Ich schlug vor, dass wir uns im *Pho Bac* treffen könnten.

Wir kamen gleichzeitig dort an und setzten uns an einen Tisch an der Wand, unter einem in Brauntönen gehaltenen Ölgemälde, von dem ich immer angenommen hatte, dass es eine Herde galoppierender Pferde zeigte. Ganz sicher war ich mir allerdings nicht. Das Bild sah aus, als hätte der Künstler aus Versehen abstrakte Kunst produziert.

Mae, eine der winzigen Frauen, die das *Pho Bac* leiteten, brachte zwei kleine Porzellantassen und eine Edelstahlkanne mit Tee zu uns an den Tisch. »Hi, Seth. Wie geht's dir heute?«

»Mir geht's gut, Mae, den Umständen entsprechend. Wie geht's dir?«

Mae lächelte und nickte, ohne zu antworten. Dann fragte sie: »Was will dein Freund?« Ich zuckte mit den Schultern. Carlyle fragte, was ich empfehlen konnte, und murmelte mit Blick auf die Karte noch eine Weile vor sich hin, bis ich schließlich für ihn bestellte. »Bring ihm eine Suppe mit Rindfleisch und einen vietnamesischen Kaffee.« Mae nickte erneut und verschwand.

»Isst du nichts?«, fragte Carlyle.

»Mae weiß, was ich will.«

Carlyle betrachtete das Pferdebild, dann sagte er: »Als ich in deinem Alter war, fand ich die Vorstellung total cool, Stammkunde in einem Restaurant zu sein. Wenn ich eintrete, sagt der Kellner: ›Hey Carlyle, wieder das Übliche?‹ Ich nicke und der Kellner bringt mir mein Essen – setzt sich vielleicht sogar zu mir, während ich esse. Seitdem bin ich immer wieder in die gleichen Restaurants und die gleichen Bars gegangen und habe immer das gleiche Essen bestellt. Ich gehe seit mindestens zehn Jahren in die *Breakneck Bar* auf der Zwölften Straße. Jedes Mal nehme ich einen Pilzburger ohne Mayo und einen Beilagensalat mit Blue-Cheese-Dressing. Ohne Ausnahme. Das Essen habe ich bestimmt schon hundert Mal bestellt. Aber jedes Mal ist es so, als wäre ich noch nie da gewesen. Mindestens jedes zweite Mal machen sie doch Mayo auf den Burger oder Ranch-Dressing auf den Salat. Und jetzt guck dich an. Wie alt bist du? Sechzehn? Und du bist hier schon so bekannt, dass sie dich nicht einmal fragen, was du überhaupt willst. Sie bringen es dir einfach.« Dann betrachtete er wieder das Bild. »Wobei ich mich frage, ob das hier überhaupt als richtiges Restaurant durchgeht.«

Ich zuckte mit den Schultern. »Warten Sie ab, bis Sie die Suppe probiert haben.«

»Okay, okay. Schon gut.« Carlyle schenkte uns zwei Tassen Tee ein. »Seth, ich habe das dumpfe Gefühl, dass du dich nicht an meinen Rat hältst.«

Ich schwieg und nahm einen Schluck Tee.

Carlyle fuhr fort: »Ich habe dich gebeten, dich nicht in die Ermittlungen zum Tod deiner Mutter einzumischen.

Wider besseren Wissens habe ich sogar getan, worum du mich gebeten hast – ich bin persönlich bei allen Kunden vorbeigegangen, bei denen deine Mutter an diesem Abend geputzt hat, um zu überprüfen, ob nicht auf mysteriöse Weise doch noch jemand auftaucht, der einen besseren Verdächtigen abgibt als Irene Dunlop. Rate mal, was ich herausgefunden habe?«

Ich nahm einen weiteren Schluck Tee, weil ich nicht wusste, was ich sonst machen sollte.

»Ich habe herausgefunden, dass ich nicht der Einzige bin, der nachgehakt hat«, sagte Carlyle. »Sieht ganz danach aus, als sei ein weiterer Detektiv an dem Fall dran. Einer, der besser daran täte, wieder zur Schule zu gehen.«

Zwischen zwei Schluck Tee sagte ich: »Sie müssen entweder Dix oder Chambers meinen. Den beiden Typen könnte ein bisschen mehr Bildung wirklich nicht schaden.«

»Ich will mich nicht mit dir streiten, Seth, aber du musst dich aus der Sache raushalten. Das ist kein Spiel. Deine Mutter wurde ermordet. Wer auch immer das getan hat, war bereit, ein Leben auszulöschen. Er oder sie ist verzweifelt. Und gefährlich.«

»Ich kann auf mich aufpassen.«

»Schon klar. Aber hier geht es nicht um Kleinigkeiten. Hier geht es um Mord.«

»Ich hab's kapiert. Und was haben Ihre Ermittlungen ergeben?«

Carlyle sah finster drein. »Deine Mom war pünktlich mit der Kirche fertig, ist dann zur Fahrschule gefahren, danach zum *Shotgun Shack* und schließlich zu Nadels Uhrenladen. Gegen drei ist sie von dort wieder weggefahren, wie der Barkeeper des Lokals auf der anderen Straßenseite bezeugen konnte. Im *Shotgun Shack* hatte sie einen heftigen Streit mit Irene Dunlop, wie wohl schon öfter in der letzten Zeit. Bei einigen der Auseinandersetzungen ging es zu, und das ist ein Zitat, ›wie bei zwei räudigen Straßenkatzen‹. Irene Dunlop ist nach wie vor verschwunden – und lässt damit auch das Restaurant im Stich, in dem sie in den letzten zwölf Jahren beinahe ununterbrochen gearbeitet hat.«

Mein Handy klingelte. Ich ignorierte es. »Sie taucht schon wieder auf.«

»Ich hoffe, dass du recht hast. Denn wenn sie es tut, werden wir sie festnehmen. Wir haben sie zur Fahndung ausgeschrieben. Sie ist unsere Hauptverdächtige, Seth. Alle Hinweise deuten auf sie. Es tut mir leid, wenn dir das nicht gefällt, aber so entwickelt sich dieser Fall nun einmal. Ich bin seit fast zwanzig Jahren Polizist und das ist einer der eindeutigsten Fälle, die mir je begegnet sind. Irene Dunlop hat deine Mutter umgebracht.«

»Nein, hat sie nicht.«

»Du bist noch jung und traust einer guten Freundin so etwas nicht zu. Das verstehe ich gut. Aber ich habe ein Gespür für solche Sachen, und in diesem Fall bin ich mir hundertprozentig sicher.«

Mae trat mit zwei dampfenden Suppenschüsseln an unseren Tisch, aber ich hatte mit einem Mal keinen Appetit mehr.

»So sieht's momentan aus«, fügte Carlyle hinzu, »und das bedeutet auch, dass die Leiche deiner Mom freigegeben ist.«

Während ich das Restaurant verließ, fragte ich mich nicht nur, ob Miss Irene wirklich schuldig war, sondern auch, was zum Teufel ich mit den Überresten meiner Mutter machen sollte – den knapp fünfzig Kilo aus Fleisch und Knochen, alles, was noch von ihrem komplizierten Leben geblieben war.

KAPITEL 12

In Moms Jeep hörte ich die Mailboxnachricht ab. Sie war von Pastor Vandegrift, der meinte, er wäre jederzeit bereit, mit mir zu reden. Ich fuhr zur Kirche. Heute trug Diane Niebauer einen schwarzen Rollkragenpullover, in dem sie aussah wie eine Mischung aus pummeliger Fußballmom und Truppengeneral. »Seth, richtig?« Ich nickte. »Wie geht es dir, Schätzchen? Ach, blöde Frage, oder? Pastor V hat schon angedeutet, dass du vielleicht vorbeikommst.« Sie telefonierte kurz, dann deutete sie lächelnd auf die Bürotür des Pastors.

Als ich eintrat, erhob sich Pastor Vandegrift von einem alten metallenen Schreibtisch. Er war ein paar Zentimeter größer als ich und etwa zwanzig Kilo schwerer. Sein Gesicht war rot und fleischig, und seine Haare waren oben schwarz und an den Seiten grau, als wäre ihm auf halber Strecke das Haarfärbemittel ausgegangen. Er lächelte mich an, und dieses Lächeln beruhigte mich so sehr, dass ich beinahe laut aufgeseufzt hätte.

Nachdem wir uns begrüßt hatten, erzählte ich ihm ohne Umschweife, dass ich Nachforschungen über den Tod meiner Mutter anstellte.

»Keine schlechte Idee.« Er setzte sich wieder und legte beide Hände flach auf den Tisch, als warte er darauf, dass ich seine Fingernägel inspizierte.

»Finden Sie?«, fragte ich.

»Du suchst nach Antworten. Ich bin ein großer Fan davon, nach Antworten zu suchen. Damit verdiene ich meinen Lebensunterhalt.«

»Haben Sie welche gefunden?«

»Das habe ich, ja. Aber nur wenige. Weil es nur wenige gibt. Alles andere führt zu noch mehr Spekulationen und noch mehr Fragen. Deswegen wirst du es nicht leicht haben auf deiner Suche. Die Nadel im Heuhaufen, du weißt schon. Trotzdem lohnt sich die Mühe. Und selbst wenn du keine Antworten findest, wird es dir helfen, die Sache zu verarbeiten.«

»Deswegen mache ich es nicht.«

»Das denkst du vielleicht, dennoch ist deine Suche ein Teil des Verarbeitungsprozesses. Deine Mom ist gerade erst gestorben. Sie hat dich allein gelassen und du versuchst, einen Sinn in dem Ganzen zu sehen. Manche Leute fahren in ihr Wochenendhaus, um über die guten alten Zeiten nachzudenken, andere gehen in ein Kloster, um sich Gott und dem Universum näher zu fühlen, wieder andere blättern durch alte Fotoalben. Du stellst Nachforschungen über den Tod deiner Mutter an. Im Prinzip ist das alles das Gleiche.«

Ich versuchte, das Gespräch in eine andere Richtung zu lenken. »Haben Sie sie gesehen? An ihrem letzten Abend?«

»Das habe ich, ja. Wir hatten an diesem Abend ein ziemlich langes Treffen mit den Kirchenältesten. Ich wollte gerade gehen, da hörte ich Eves Schlüssel im Schloss. Als ich ihr die Tür geöffnet habe, hat sie sich furchtbar erschreckt. Das wollte ich natürlich nicht. Dann kam sie herein und ich ging.«

»Hat sie irgendwas zu Ihnen gesagt?«

»Nichts, was mir im Gedächtnis geblieben wäre. Zumindest nicht an diesem Abend. An anderen Abenden haben wir uns oft lange unterhalten. Sie war ein sehr nachdenklicher Mensch. Sie hatte eine genaue Vorstellung vom Leben. Vom Tod auch, nehme ich an. Wir waren nicht immer einer Meinung, aber mir gefällt es, wenn jemand zumindest seinen eigenen Standpunkt vertritt.«

»Und welchen Standpunkt vertrat sie?«

»Oh, das weißt du wahrscheinlich besser als ich.«

»Da wäre ich mir nicht so sicher.«

Pastor Vandegrift drehte seine rechte Hand um und inspizierte nun selbst seine Fingernägel. »Sie sagte, sie versuche, immer im Hier und Jetzt zu leben.«

»O ja. Das habe ich schon öfter von ihr gehört.«

»Das ist gar nicht so weit von dem entfernt, was in der Bibel steht, zumindest in Teilen. *Sorgt euch also nicht um morgen; denn der morgige Tag wird für sich selbst sorgen. Jeder Tag hat genug eigene Plage.*«

»Verdammt richtig.«

Pastor V überhörte den Fluch geflissentlich. »Ich wünschte, ich könnte dir mehr über den Tod deiner Mutter erzählen. Aber ich befürchte, das ist alles, was ich weiß. Die Kirche war sauber am nächsten Morgen, deswegen nehme ich an, dass sie ihren Job wie gewohnt erledigt hat.«

»Sie hat ihren Job immer erledigt.«

»Was ist mit dir? Wer kümmert sich jetzt um dich?«

»Ich.«

»Du lebst allein?«

»Ja. Ich bin alt genug. Man kann mich nicht mehr dazu

zwingen, mit irgendjemandem zusammenzuleben, wenn ich nicht will.«

»Wo wohnst du? Noch in eurer alten Wohnung?«

»Zumindest vorerst.«

»Und was ist mit der Schule?«

»Ich nehme mir gerade eine Art Auszeit.« Als Pastor V mich mit hochgezogenen Augenbrauen anschaute, fügte ich hinzu: »Vielleicht gehe ich wieder zurück, aber ich muss erst darüber nachdenken.«

»Mach das. Du solltest nichts tun, womit du dir nachhaltig deine Zukunft verbaust.«

»Haben Sie mir nicht gerade gesagt, ich solle mir keine Sorgen über die Zukunft machen?«

»Na ja, ein bisschen kann nicht schaden.«

Ich lächelte, und wir reichten uns zum Abschied die Hand. Er schien ein netter Kerl zu sein. Vielleicht war er einer der wenigen, der es schaffte, in einer dreckigen Welt sauber zu bleiben. Ich konnte verstehen, warum Diane versuchte, ihn vor allem Bösen abzuschirmen.

Ich stieg in Moms Jeep und fuhr nach Norden in Richtung Schule. Aus den Lautsprechern drang *Puppets* von Atmosphere.

A lot of pressure in the middle of those shoulders
And we ain't getting nothing but older
Ain't nothing changed but the day we run from
But nobody knows that better than you, huh

Ich hatte noch fünfzehn Minuten Zeit bis zu meinem Termin mit Miss Edelson, der Schulseelsorgerin. Ich stellte das

Auto am südwestlichen Eingang der Schule ab. Obwohl der Schultag erst in einer halben Stunde vorbei war, parkten schon ein paar Eltern vor dem Tor und telefonierten, während sie auf ihre Kinder warteten. Ich hatte mich immer über die Schüler lustig gemacht, die von ihren Eltern abgeholt wurden. Verwöhnte Babys, die zu viel Schiss hatten, nach Hause zu laufen oder den Bus zu nehmen. Jetzt war ich mir nicht mehr so sicher, was ich davon halten sollte. Wahrscheinlich war ich einfach nur neidisch.

Ich ging die Stufen zum Haupteingang hoch. Ich schwänzte die Schule erst seit ein paar Tagen, und doch fühlte es sich so an, als sei ich seit Ewigkeiten nicht mehr hier gewesen.

Es war zwei Uhr, die letzte Stunde war zur Hälfte um. Normalerweise würde ich gerade in Algebra 2 sitzen und versuchen, mich auf quadratische Gleichungen zu konzentrieren. Die Gänge waren zum Großteil verwaist, bis auf einen gelangweilten Wachmann und ein paar vereinzelte Schüler. Niemand schenkte mir große Aufmerksamkeit, bis Patrick Naismith mit Kopfhörern in den Ohren um eine Ecke geschlendert kam. Als er mich sah, zog er einen heraus, ließ den zweiten jedoch im Ohr und nickte weiter im Takt der Musik.

»Hey Seth.«

»Hey Patrick. Was hörst du?« Patrick und ich kannten uns seit Jahren. Er hing von Anfang an mehr mit Mädchen ab als mit Jungs, ging sogar mit ihnen shoppen, hatte aber noch nie ein Date gehabt. Wir beide waren nur deshalb Freunde geworden, weil wir den gleichen, abgedrehten Musikgeschmack besaßen.

»Radio Moscow. Kennst du die?«

»Nein. Können die was?«

»Sie jammen ganz ordentlich. Die Texte sind allerdings nicht sonderlich geistreich. Aber wenn du in der richtigen Stimmung bist, ist es schon okay. Sie können auf jeden Fall spielen. Hey, stimmt es, was man so hört?«

»Über meine Mom?«

»Nein. Über dich und Azura Lear.«

»Möglich. Was hört man denn so?«

»Dass ihr zwei zusammen seid. Und, stimmt es?«

»Weiß nicht so genau. Wer hat das denn behauptet?«

»Janine Turner.«

Ich zog das Foto aus der Tasche, das ich aus der Fahrschule mitgenommen hatte. »Guck dir das mal an.«

»Du trägst ihr Bild mit dir rum! Sie sieht heiß aus – wenn man auf so was steht. Was ist mit dem Foto?«

»Hast du irgendeine Idee, wer die Frau sein könnte, die man im Hintergrund sieht?«

»Könnte Azuras Mutter sein.«

»Wie kommst du denn darauf?«

»Azura und ich waren im gleichen Tennisclub. Warum interessiert es dich überhaupt?«

»Nur so.«

»Wo wir gerade von Müttern reden, was meintest du mit deiner Mom?«

»Hast du es noch nicht gehört? Meine Mom ist tot.«

Patrick zog auch den anderen Kopfhörer aus dem Ohr. »Puh.« Das war das einzig Vernünftige, das man in dieser Situation sagen konnte.

»Ist schon in Ordnung.«

»Nein, ist es nicht.«

»Wie auch immer. Ich bin jetzt mit der Seelsorgerin verabredet. Um herauszufinden, wie es mit der Schule weitergeht.«

»Verdammt. Hey, soll ich dir hiervon 'ne Kopie machen?«

Ich nickte. Patrick machte Anstalten, mich zu umarmen, ließ es dann aber, und wir gingen beide unserer Wege.

Eine Sekretärin bedeutete mir, auf einem Stuhl vor Miss Edelsons Büro zu warten. Nach zehn Minuten trat ein pickliges Mädchen aus dem Zimmer und vermied jeglichen Blickkontakt. Kurz darauf streckte Miss Edelson den Kopf zur Tür heraus. »Seth? Komm rein.«

Miss Edelson machte einen guten Job. Ich hatte mich schon ein paarmal mit ihr getroffen. Sie war sehr direkt und sie wusste, was nur Floskeln waren und was wirklich half. Und sie sprach ehrlich über das Wenige, das sie tun konnte.

Ich sagte ihr, dass ich noch nicht bereit war, zurückzukommen. Sie fragte mich, wie viel Zeit ich brauchte. Das wusste ich selber nicht so genau.

Sie lächelte weder, noch runzelte sie die Stirn. »Du solltest mit deinen Lehrern sprechen. Einige sind entgegenkommender als andere.« Sie musste meinen verzweifelten Gesichtsausdruck bemerkt haben, denn sie fügte hinzu: »Ich spreche mit ihnen.« Sie schrieb meinen Namen in ihren Kalender mit den Worten: *Mutter gestorben*. An einem anderen Tag hätte sie vielleicht geschrieben *zu spät gekommen* oder *Mandel-OP*.

Dann sagte sie: »Wenn du länger als zwei Wochen fehlst, dann müssen wir uns nach anderen Möglichkeiten umsehen.«

»Welche gibt es denn?«

»Nicht so schnell. Wenn wir die anderen Möglichkeiten vermeiden wollen, dann musst du spätestens übernächsten Montag wieder in der Schule sein. Meinst du, das kriegst du hin?«

»Ich weiß nicht. Was sind denn die anderen Möglichkeiten?«

»Zum einen die Sommerschule in den Ferien. Das ist wahrscheinlich die am wenigsten attraktive Variante. Die andere wäre ein Wechsel nach Callison.«

Ich kannte die Schule vom Hörensagen. Auf sie gingen so Typen wie King George, schwangere Mädchen oder Kids, die eine Jugendstrafe verbüßt hatten. Die meisten blieben nur ein oder zwei Halbjahre dort, bevor sie endgültig die Schule abbrachen.

Miss Edelson fuhr fort: »Callison ist nicht so schlecht wie ihr Ruf. Aber sie ist auch nicht wirklich gut. Ich glaube, dass du deutlich mehr draufhast, Seth. Du hast gute Noten für jemanden in deiner Situation.«

»In meiner Situation?«

»Tu jetzt bitte nicht so, als wäre in deinem Leben alles in Ordnung. Du hattest es schon vorher schwer genug, und jetzt ist es noch schwerer geworden. Aber mach es nicht noch schlimmer, indem du die Schule abbrichst.«

»Ich hab's kapiert.« Das hatte ich wirklich. Wir schwiegen für eine Weile, und ich sah mich unauffällig in ihrem Büro um. Auf den Postern an den Wänden waren weder Katzen noch irgendwelche Motivationssprüche abgebildet. Auf ihrem Tisch stand kein einziges Familienfoto. »Es gibt da noch ein Problem«, sagte ich. »Wenn ich wieder zur Schule gehe, wann soll ich dann arbeiten? Wo bekomme ich das Geld her, das ich für Miete und Essen brauche?«

Sie hatte nur wenig mehr Ideen als ich. Und mir gefiel keine davon. Als ich ging, versprach ich ihr, zumindest ans Telefon zu gehen, wenn sie mich anrief.

Übernächsten Montag. Nicht viel Zeit, um mein Leben in den Griff zu kriegen.

Ich hatte Azura versprochen, dass ich sie nach der Schule abholen würde, daher lehnte ich mich gegen den Jeep und wartete. Ein paar Minuten später klingelte es und die ersten Schüler drängten aus dem Schultor. Schon bald wimmelte der Hof von bekannten und unbekannten Gesichtern. Ich versuchte, Azura in dem Gedränge zu entdecken. Stattdessen sah ich, wie Big Red, Zach und Cody durch eine Gruppe von Schülern brachen und auf mich zukamen. »Was machst du hier, du Vollidiot?«, fragte Big Red.

Ich ignorierte ihn.

»Ich bin davon ausgegangen, dass du inzwischen die Schule geschmissen hast. So machen das doch Typen wie du.«

»Ja, solltest du nicht schon längst verschwunden sein?«, fragte entweder Zach oder Cody. Ich hatte die beiden noch nie auseinanderhalten können.

»Ich bin hier, um Azura abzuholen.«

»Wie bitte?«, fragte Big Red. »Waren wir vor ein paar Tagen nicht deutlich genug?«

»Ich war schon immer etwas schwer von Begriff«, erwiderte ich, während ich die Menge nach Azura absuchte. Das Gespräch mochte momentan noch Geplänkel sein, aber es fehlte nicht mehr viel zu einem handfesten Streit.

»Selbst so ein Vollpfosten wie du sollte das hier kapieren«, sagte Big Red und schubste mich so fest, dass ich kurz das Gleichgewicht verlor. Innerhalb von drei Sekunden schien sich jeder Schüler aus dem Innenhof um uns versammelt zu haben und uns anzufeuern wie ein wild gewordener Schwarm Piranhas. Big Red hatte seine Hände kampfbereit erhoben und Zach und Cody sprangen immer wieder auf mich zu wie zwei Pitbulls an der Leine. Der Rest der Menge grinste nervös und voller Vorfreude und machte einen ohrenbetäubenden Lärm. Ich hörte dutzendfach Reds Namen. Meinen kein einziges Mal.

Eine Stimme erhob sich über die Menge. Mr Stevanovich, ein wettergegerbter Lehrer und Trainer der Footballmannschaft, bahnte sich einen Weg zu uns durch und wiederholte dabei die Worte *Schluss damit, Schluss damit* wie eine Art Beschwörung. Er packte Big Red am Kragen und sagte ihm, er solle verschwinden, wenn er nicht von der Schule fliegen wolle. Red starrte mich wütend an, drehte sich um und wurde von der Menge verschluckt. Dann stapfte Stevanovich auf mich zu und zischte: »Seth, richtig?«

Ich nickte.

»Willst du weiterhin hier zur Schule gehen?«

Ich antwortete nicht.

»Die Schule ist aus. Du wirst entweder von hier verschwinden, oder ich werde dafür sorgen, dass du fliegst. Du hast fünf Sekunden Zeit, dir die Sache zu überlegen. Fünf, vier, drei …«

Die letzten zwei Zahlen hörte ich schon gar nicht mehr. Ich stieg in den Jeep, fuhr ein Stück die Straße runter und parkte auf Höhe des Supermarktes, wo minderjährige Schüler immer versuchten, Bier und Zigaretten zu kaufen. Ich sah in den Rückspiegel und fragte mich, ob Azura mitbekommen hatte, was gerade geschehen war. Hatte sie in der Menge gestanden, umgeben von ihren Freunden, die alle hofften, dass ich eins auf die Fresse bekam?

Ich stieg aus, um auf Azura zu warten. Dreißig Sekunden später standen Zach und Cody links und rechts von mir. Ich hatte keine Ahnung, wo sie so plötzlich hergekommen waren. Und schließlich erschien auch Erik Jorgenson auf der Bildfläche.

»Du bist ganz schön hartnäckig.«

»Ich muss einfach in deiner Nähe sein, Erik. Ich kann an nichts anderes mehr denken.«

»Erzähl keinen Scheiß. Warum bist du hier?«

»Das habe ich deinen Freunden schon gesagt. Um Azura abzuholen.«

»Hör mal«, sagte Erik. »Ich hatte keine Ahnung, dass deine Mom gerade erst gestorben ist, als wir letztens zu dir gekommen sind. Wenn ich das gewusst hätte, hätte ich dich nicht so vermöbelt. Zumindest nicht zu dem Zeitpunkt. Aber ich werde trotzdem nicht rumsitzen und zugucken, wie du Azura stalkst.«

Hinter Erik sah ich jemanden näher kommen. »Du glaubst, dass ich sie stalke?« Inzwischen konnte ich erkennen, wer es war. Azuras dunkelbraune Haare bildeten einen interessanten Kontrast zu ihrem gelben Regenmantel. »Hallo, Schatz«, begrüßte ich sie. »Es wäre schön, wenn du anrufst, wenn es bei dir später wird.«

»Tut mir leid, mein Lieber. Wartest du schon lange?«

»Lange genug, um vom Schulgelände geworfen zu werden. Zum Glück haben mir diese netten jungen Herren Gesellschaft geleistet.«

»Und worüber habt ihr euch unterhalten?«

»Azura«, sagte Erik. »Du solltest dich nicht mit diesem Loser abgeben.«

»Wirklich nicht? Mit welchem Loser denn dann?«

Erik schien in sich zusammenzufallen. »Ist das dein Ernst? Ich versuche doch bloß, auf dich aufzupassen.«

»Lass es. Lass es einfach.« Sie stieg in den Jeep, als gehöre er ihr. Ich verbeugte mich höflich vor den Zwillingen – denn ich traute mich nicht, das vor Erik zu tun – und stieg ebenfalls ein.

»Du hast ihn ganz schön abserviert«, sagte ich, während ich den Zündschlüssel umdrehte.

Sie schüttelte den Kopf, aber wohl eher tadelnd als widersprechend. Mit einer manikürten Hand wischte sie den Pony beiseite, der ihr in die Augen gefallen war. »Dich kann man wirklich keine Minute allein lassen.«

»Ich ziehe den Ärger magisch an. Genauso wie du mich.«

»Das war ja beinahe süß.«

Ich erzählte ihr von meinem Mittagessen mit Carlyle und von der Fahndung nach Miss Irene.

»Glaubst du immer noch, dass sie unschuldig ist?«

»Du kennst sie nicht. Sie ist wie eine Mutter für mich.«

»Und du hast bereits eine verloren«, sagte Azura.

Ich erzählte ihr, dass Carlyle die Leiche meiner Mutter freigegeben hatte. »Ich habe keine Ahnung, was ich jetzt machen soll. Wie plant man eine Beerdigung? Und woher soll ich das Geld dafür nehmen?«

»Darüber solltest du dir eigentlich keine Gedanken machen müssen«, erwiderte sie. »Du hast schon genug Sorgen. Jemand sollte das für dich übernehmen. Hast du keine Familie in der Nähe?«

»Nein. Mom hatte Familie in Spokane, glaube ich, aber ich habe noch nie jemanden von ihnen getroffen.«

»Und was ist mit ChooChoo?«

»Was soll mit ihm sein? Wirkt er auf dich wie ein Typ, der sich mit Beerdigungen auskennt?«

»Wer käme denn noch infrage?«

»Niemand. Weißt du, wen ich anrufen würde, wenn ich könnte? Miss Eye. Sie hätte sich um die ganze Sache gekümmert – Kirche, Essen, Blumen und so weiter. Sie hätte darauf bestanden. Aber Miss Eye ist nicht da, deswegen bin ich aufgeschmissen.«

»Nein, bist du nicht. Es gibt noch jemanden.«

»Wen?«

»Mich. Sag mir einfach, wo die Beerdigung stattfinden soll, und ich kümmere mich um den Rest. Und mach dir keine Gedanken über das Geld.« Sie zog eine Kreditkarte hervor. »Das geht auf Daddy.«

Das war das Netteste, was jemand seit langer Zeit für mich getan hatte. Das sagte ich ihr auch. Sie küsste mich, dann küsste sie mich noch mal. Und das war mindestens genauso nett.

KAPITEL 13

Ich fragte Azura, wo sie essen gehen wollte. Sie antwortete *MSM Deli* und ich war kurz davor, mich in sie zu verlieben. *MSM* ist ein Sandwich-Restaurant mitten in einem Lebensmittelladen auf der Sixth Avenue. Die Sandwiches sind groß, matschig und einfach wunderbar. Sie werden mit einer großen eingelegten Gurke serviert und sind ordentlich in weißes Butterbrotpapier eingewickelt. Ein Sandwich von *MSM* aus dem weißen Butterbrotpapier auszuwickeln, ist eine der größten Freuden, die man in Tacoma haben kann, und dafür spielt es keinerlei Rolle, auf welcher Seite der Division Street man wohnt. Wenn Azura *MSM* mochte, bestand vielleicht doch die Chance, dass aus uns was Längerfristiges wurde.

Ich nahm zwei Orangenlimos aus dem Kühlfach und bestellte ein Mike's Deluxe Sandwich – Roastbeef, Cheddarkäse, Schweizerkäse, Sprossen, Salat und Zwiebeln, die zwischen den beiden Hälften eines frischen Baguettes hervorquollen. Wir setzten uns in den Speiseraum und teilten uns das riesige Sandwich.

Zwischen zwei Bissen fragte Azura: »Und was ist mit der Schule? Wann kommst du zurück?«

»Ich habe mit Miss Edelson gesprochen. Sie meint, dass ich spätestens übernächsten Montag wieder da sein muss.«

»Kommenden Montag?«

»Nein, der nächste. Das heißt, ich kann die ganze nächste Woche freimachen.« Ich pickte ein runtergefallenes Salatblatt auf und steckte es in den Mund. »Aber ich bin mir gar nicht so sicher, ob ich überhaupt zurückkommen will.«

In einem Fernseher in der Ecke liefen Regionalnachrichten. Wir sahen eine Weile schweigend zu.

»Du musst zurückkommen.«

»Muss ich nicht. Ich kann auch abbrechen.«

»Das wäre bescheuert.«

»Vielleicht. Vielleicht auch nicht. Vielleicht werde ich Autodidakt. Wie Abraham Lincoln.«

»Oder Richard Branson«, sagte Azura.

»Wer?«

»Richard Branson. *Virgin Records. Virgin Atlantic Airlines.* Er hat auch die Highschool geschmissen. Und jetzt ist er Milliardär.«

»Nicht schlecht. Also bitte, dann werde ich der neue Richard Wie-auch-immer.«

»Branson.«

»Ja. Genau der. Und sobald ich Milliardär bin, muss ich mir keine Namen mehr merken.«

Ein pixeliges Foto von einer ernst dreinblickenden Miss Irene erschien auf dem Fernsehbildschirm hinter der blonden Nachrichtensprecherin. Es war laut im *Deli* und man konnte kaum verstehen, was sie sagte, aber ich schnappte etwas auf von »gesucht im Zusammenhang mit« und »eine Einwohnerin von Tacoma, Eve Anomundy.«

»War das ein Bild von Miss Irene?«, fragte Azura. »Sie sah nicht wirklich sympathisch darauf aus.«

»Ich kenne das Foto. Es hängt im *Shotgun Shack* an der Wand hinter der Theke. Darauf steht Miss Irene eigentlich neben BB King, einem berühmten Blues-Musiker, der von einem Ohr zum anderen grinst. Er hat jedes Mal bei ihr im Restaurant gegessen, wenn er auf seiner Tour durch die Stadt gekommen ist. Checker Cab hat Miss Eye immer damit aufgezogen, wie brummig sie auf dem Foto aussieht. Und sie entgegnete dann: »›Kein Wunder. Während du versucht hast herauszufinden, wie die Kamera funktioniert, sind meine Brötchen im Ofen verbrannt.‹«

»Ich schätze, man kann Leute nur schwer aufgrund eines Fotos beurteilen«, sagte Azura.

Mir fiel das Foto ein, das ich aus der Fahrschule geklaut hatte. Ich zog es aus der Tasche. »Wie auf diesem Bild hier«, sagte ich. »Das Mädchen darauf sieht aus, als hätte sie keinerlei Sorgen auf der Welt. Aber das Mädchen, das mir gegenübersitzt, sieht ungefähr so unglücklich aus wie ich.«

Azura schnappte sich das Foto. »Wo hast du das her?« Sie betrachtete es lächelnd und fuhr mit dem Finger am Rand entlang, wohl wissend, dass sie sich schneiden konnte.

»Das ist ein schönes Foto von dir. Wer steht da im Hintergrund? Ist das deine Mom?«

Sie antwortete nicht. Ihr Lächeln verschwand, aber sie legte das Foto nicht aus der Hand. Ich wiederholte die Frage. »Woher weißt du das?«, erwiderte sie.

»Geraten. Ist sie genauso liebenswürdig wie dein Dad?«

»Sie sind geschieden. Sie ist aus Kalifornien hierher geflogen, um bei meiner Prüfung dabei zu sein. Sie lebt in Sacramento. Ich sehe sie nicht besonders oft, aber sie ist nett. Ich vermisse sie furchtbar.«

»Was hat sie an? Auf dem Bild.«

Azura ignorierte meine Frage. »Ich habe sie an dem Morgen auf der Arbeit angerufen. Dad sollte mich eigentlich zur Fahrprüfung bringen, aber wie immer hatte er auf einmal andere Pläne. Ich war furchtbar wütend. Wir hatten bereits eine Prüfung verpasst und es würde einen weiteren Monat dauern, um einen neuen Termin zu kriegen. Ich habe Mom angerufen, nicht, weil ich sie bitten wollte, zu kommen, sondern einfach, um mit jemandem zu reden. Sie fragte, um wie viel Uhr die Prüfung sei. Ich sagte ihr, um vier. Und um drei stand sie plötzlich vor dem Haus, um mich abzuholen. Sie ist direkt von der Arbeit zum Flughafen gefahren und hierher geflogen, damit ich es rechtzeitig zur Prüfung schaffe. Ich habe bestanden. Wir haben das Foto gemacht, und dann sind wir mit Dads Kreditkarte essen gegangen. Es war einer der schönsten Abende, die ich je hatte.«

»Das war tatsächlich ziemlich cool von ihr. Wo arbeitet sie?«

»In einem Fachgeschäft für Bauholz und Eisenwaren. Sie ist nur eine einfache Verkäuferin. Der erste richtige Job, den sie jemals hatte im Leben.«

»Witzig, aber du erscheinst mir nicht gerade wie die Tochter einer Verkäuferin.«

»Dad hatte bessere Anwälte als sie, deswegen hat sie bei der Scheidung gar nichts bekommen. Nicht einmal Besuchsrecht. Also ist sie zu ihren Eltern nach Sacramento gezogen und hat sich dort einen Job gesucht. Sie liebt es, sagt sie – den Job, meine ich. Und ich glaube ihr.«

»Aber du bist hier und sie nicht.«

»Was meinst du damit?«

»Ich weiß nicht. Will sie nicht in deiner Nähe sein?«

»Doch, schon. Aber sie kann es sich nicht leisten. Und ich glaube, dass sie so weit wie möglich von Dad weg sein will.«

»Es ist ihr also wichtiger, weg von ihm zu sein, als bei dir?« Azura antwortete nicht darauf. Stattdessen fragte sie: »Wie viel Uhr ist es?«

»Warum?«

»Weil heute Freitag ist. Und ich habe Janine versprochen, auf ihre Party zu kommen. Du weißt schon – alle Schleimer auf einem Haufen. Ich habe versprochen, dich mitzubringen.«

»Auf keinen Fall.«

»Warum nicht?«

»Du kannst gerne gehen. Aber ohne mich.« Ich lächelte, ohne es zu meinen. »Was war der Grund?«

»Der Grund wofür?«

»Warum haben sich deine Eltern getrennt?«

»Kommt drauf an, wen du fragst. Dad sagt, dass Moms Persönlichkeit meinem Selbstwertgefühl geschadet hat. Und Mom sagt, dass sie Dads Ansprüchen nicht gerecht geworden ist.«

»Das klingt wie ein und dasselbe.«

»Kann schon sein. Dad stammt aus einer furchtbar versnobten Familie von der Ostküste, deren Wurzeln bis zum Unabhängigkeitskrieg zurückreichen. Sein Ur-Ur-Ur-Ur-Großvater oder so war George Washingtons Sekretär. Genau genommen ist das der Grund, warum du zu uns gekommen bist. Irgendein stinkreiches Familienmitglied ist gestorben und hat Dad die Uhr vererbt, die du abgeholt hast. Sie ist ungefähr eine Million Jahre alt, so wie das meiste Zeug in unserem Haus.«

»Ja, Nadel hat die ganze Zeit davon geschwärmt, wie selten sie ist.« Mir kam eine Idee. »Was, glaubst du, ist die Uhr wert?«

»Keine Ahnung. Wahrscheinlich eine Menge. Vielleicht fünfzigtausend. Warum? Glaubst du, Nadel würde deine Mutter wegen einer Uhr umbringen?«

»Dem Mann ist sein Geld heilig. Andererseits gehört er praktisch zur Familie. Macht auch gar keinen Sinn. Die Uhr gehört deinem Vater und er weiß, wo sie ist. Es gibt keinen Grund, warum meine Mutter irgendwas damit zu tun haben sollte.« Ich teilte die Essiggurke und aß meine Hälfte. »Interessiert sich deine Mom auch für Antiquitäten?«

»Moms Familie ist deutlich bodenständiger.«

»Warum haben deine Eltern dann überhaupt geheiratet?«

»Sie haben sich auf dem College kennengelernt. Mom hatte ein Stipendium für die Penn State, und Dad ist dorthin gegangen, weil bereits alle seine männlichen Vorfahren seit dem 19. Jahrhundert dorthin gegangen sind. Mom hat mal erzählt, dass Dad und sie sich wirklich geliebt haben. Dads Eltern waren jedoch nicht einverstanden, weil sie von Moms Familie noch nie etwas gehört hatten. Daraufhin sind die beiden nach Moms Zwischenprüfung Richtung Westen abgehauen und schließlich hier gelandet. Aber irgendwann hat Dad dann doch angefangen, so zu denken wie seine Eltern. Deswegen leben Dad und ich jetzt allein hier in diesem großen Kasten und Mom lebt allein in Sacramento.«

»Hast du nicht gesagt, dass sie bei ihren Eltern wohnt?«

»Das tut sie. Sie lebt allein mit ihren Eltern. So wie ich allein mit meinem Dad lebe.«

»Und warum ziehst du nicht zu ihr nach Kalifornien?«

»Weil Dad das Sorgerecht hat.«

»Na und? Du bist sechzehn. In diesem Bundesstaat bedeutet das, dass du für dich selbst entscheiden kannst. Deswegen muss ich auch nicht in eine Pflegefamilie. Wenn ich du wäre, würde ich abhauen und zu meiner Mom ziehen.«

»Das ist nicht so einfach, wie es klingt.«

»Ja, besonders wenn du nach dem Umzug nur noch die Tochter einer Verkäuferin wärst.«

»Glaubst du ernsthaft, das ist der Grund, warum ich bei meinem Dad wohne?«

»Zum Teil schon. Wenn ich die Wahl hätte zwischen einem schönen Haus und einem Leben mit meiner Mutter, würde ich jedenfalls keine Sekunde zögern.«

»Du bist manchmal ein richtiger Idiot.«

»Deswegen magst du mich doch so.«

»Das ist nicht witzig. Du bist nicht witzig.« Sie nahm einen Bissen von ihrem Sandwich und starrte mich böse an. Ich nahm einen Bissen von meinem und starrte zurück. Ich versuchte, so ernst auszusehen wie möglich. Sie hielt meinem Blick stand, doch dann musste sie lächeln. »Du solltest wirklich netter zu mir sein. Schließlich plane ich die Beerdigung deiner Mutter.«

»Du hast recht. Tut mir leid. Ich war noch nie besonders gut darin, nett zu sein. Aber für dich könnte ich es versuchen.« Ich ging zur Theke, um noch ein paar Servietten zu holen. Als ich an den Tisch zurückkehrte, sagte ich:

»Frage: Wer hat dein Auto gekauft? Den schwarzen Lexus auf dem Foto.«

»Mein Dad. Warum?«

»Weil es kompliziert ist. Darum.«

»Was?«

»Eltern. Mütter. Väter. Es ist alles so verdammt kompliziert.«

KAPITEL 14

Ich sah aus dem Fenster des *Deli,* aber alles, was ich erkennen konnte, war mein eigenes Spiegelbild. Hier saß ich also, zusammen mit diesem wunderschönen, reichen Mädchen, das ich erst seit ein paar Tagen kannte.

Schon bald würde meine Mom irgendwo unter der Erde liegen und ich würde allein in unserer kleinen, vergammelten Wohnung leben. Ich rechnete immer noch instinktiv damit, dass Mom nach Hause kam. Wenn ich die Wohnungstür öffnete, würde sie gerade aus einem kurzen Schläfchen aufwachen, mir etwas schenken und irgendeinen klugen Ratschlag erteilen, den sie selbst nie in die Tat umgesetzt hatte. Aber sie kam nicht zurück. Ich war für immer allein.

Ich sah zu Azura. Gab es eine realistische Chance, dass sie ein Teil meines Lebens werden könnte? Es erschien so unwahrscheinlich. Ich hatte noch nie viele Freunde gehabt, geschweige denn eine Freundin. Und plötzlich tauchte dieses Mädchen in meinem Leben auf, genau dann, wenn ich es am meisten brauchte. Würde sie auch in einer Woche noch da sein? Oder in einem Monat? Und danach?

Ich fuhr Azura zu ihrem Auto, das sie in der Nähe der Schule geparkt hatte. Bevor sie aus dem Jeep stieg, drehte sie sich noch einmal zu mir um. »Komm mit zu der Party heute Abend.«

»Nicht heute.«

»Ich will nicht, dass du allein bist.«

»Ich auch nicht.«

»Dann komm mit.«

»Keine Sorge, ich komm schon klar. Das wolltest du doch jetzt hören, oder?«

»Ich will die Wahrheit hören.«

»Mom hat immer gesagt, wenn du nichts Nettes zu sagen hast –«

»Es ist total okay, wenn du traurig bist. Das ist doch ganz normal.«

»Es nervt.«

»Ich muss hingehen. Ich hab's versprochen.«

Sie fuhr davon zu ihren Freunden. Ich ging nach Hause ins Bett, fand aber keinen Schlaf. Mom hatte jahrelang bis spätabends gearbeitet, deswegen war ich es gewohnt, allein zu sein. Aber an diesem Abend fühlte sich die Wohnung besonders einsam an.

Ich vermisste Azura, aber ich hatte überhaupt keine Lust auf Party. Schon gar nicht auf eine von Janine Turner.

Janine lebte am nordöstlichen Rand Tacomas. Dort waren im Laufe der Jahre einige gehobene Vororte entstanden. Obwohl sie etwa acht Kilometer entfernt lagen, gehörten sie offiziell zum Stadtgebiet von Tacoma und die Heath High war die nächstgelegene Highschool. Jeden Morgen fuhr ein regelrechter Autokonvoi von den Vororten zur Schule. Ich kannte keinen einzigen Schüler aus Northeast, der einfach den Schulbus nahm.

Die Häuser in den Vororten schienen alle neu zu sein – zumindest sahen sie in meinen Augen so aus – und die meisten Straßen führten entweder im Kreis oder in eine Sackgasse. Ich hatte ein paarmal etwas für Nadel dort abgeholt und mich jedes Mal verfahren. Ich hatte schon von den Partys gehört, die die Vorstadtkids veranstalteten. Einige waren legendär. Aber ich war noch nie zu einer eingeladen worden.

Ich kannte Janine nur vom Sehen, aber ich konnte verstehen, warum Azura sie mochte. Janine war fröhlich. Sie lachte fast immer. Vielleicht war ihr Leben so perfekt, dass sie gar nicht anders konnte, als fröhlich zu sein. Vielleicht war sie aber auch einfach nur so gepolt. Sie hatte weißblonde Haare, war groß – fast so groß wie ich – und hatte eine gute Figur. Ich glaubte mich zu erinnern, dass sie eine Zahnspange trug, war mir aber nicht mehr sicher.

Ich brauchte fünfzehn Minuten nach Northeast, und weitere dreißig, um das Haus zu finden. Die kurvigen Straßen schienen ohne erkennbare Logik angeordnet zu sein und die Häuser sahen alle gleich aus. Immerhin hatte irgendein praktisch denkender Baumeister große hölzerne Hausnummern an den Fronten angebracht – wahrscheinlich war ihm aufgefallen, dass es sonst keine Möglichkeit gab, die Häuser auseinanderzuhalten.

Schließlich erreichte ich eine Straße, die mit parkenden Autos zugestellt war, mittendrin Azuras Lexus. Nun musste ich nur noch der immer lauter werdenden Musik bis zum richtigen Haus folgen. Klang wie *The Black Keys.* Damit konnte ich leben.

Ich klopfte an die Tür. Ein großes, blondes Mädchen, nicht Janine, öffnete die Tür mit dem Rücken zu mir. »Und du glaubst, du könntest das, ja?«, sagte sie zu jemandem hinter sich. Dann drehte sie sich zu mir um und sagte: »Was machst *du* denn hier?« Sie starrte mich böse an und brach plötzlich in Gelächter aus. »War nur ’n Witz. Komm rein. Mir gefällt dein T-Shirt. Darin siehst du aus wie ein Gangster.« Sie wandte sich mit unsicherem Gang wieder zu ihrem Gesprächspartner um und ließ mich an der Tür stehen.

Ich betrat das Haus. Dutzende von Schuhen stapelten sich neben der Tür, aber ich beschloss, meine anzulassen. Mit meinen neuen LeBrons wollte ich kein Risiko eingehen. Jungs und Mädchen standen in Gruppen herum. Einige sahen in meine Richtung und nickten mir zu. Ich kannte viele Namen, aber niemanden gut genug, um zu wissen, wer mir auf der Suche nach Azura behilflich sein könnte. Ich trat durch einen halbrunden Türbogen ins Wohnzimmer.

Ein Haufen Mädchen und ein Junge stapelten sich auf der Couch, ineinander verknäuelt wie die Arme eines Tintenfischs. »Seth!«, rief der Typ aus der Mitte des Knäuels. »Das ist schon das zweite Mal heute.« Es war Patrick. Meinen Namen aus seinem Mund zu hören beruhigte mich ein bisschen.

»Hey Patrick. Ist das deine Musik, die da läuft?«

»Woher weißt du das?«

»Weil es gute Musik ist.«

Patrick lachte, tauchte dann unter den Armen und Beinen der Mädchen hervor und stand auf. »Was machst du hier, Kumpel? Hätte nicht gedacht, dass du Bock auf so was hast.«

»Hast *du?*«

Er lachte wieder. »Weißt du was? Ich glaube schon. Diese Leute sind von mir abhängig. Ich bringe ein bisschen Licht in ihre Dunkelheit.«

»Und ein bisschen dummes Geschwätz.«

»Das auch, Kumpel. Was geht bei dir?«

»Ich suche nach Azura. Hab ihr Auto draußen gesehen.«

»Echt? Also stimmt es doch. Ihr zwei seid zusammen. Wusste gar nicht, dass sie dein Typ ist.«

»Da bin ich mir auch noch nicht so sicher. Weißt du, wo sie ist?«

»Nein. Vielleicht hinten. Man sieht sich.« Er tauchte zurück in die Gliedmaßen auf der Couch. Die Mädchen kicherten.

Ich ging durch einen Flur in eine große, helle Küche. Auf der Theke stand ein Arrangement verschiedener Flaschen – Wein, Bier, Wodka, Tequila und ein paar karamellfarbene Flüssigkeiten, die ich nicht kannte. Vier Jungs schenkten großzügig Shots ein für die Blonde, die die Tür geöffnet hatte. Ich ging an ihnen vorbei und trat hinaus auf eine Veranda.

Die Außenbeleuchtung war ausgeschaltet. Einige Pärchen saßen eng aneinandergeschmiegt auf Gartenstühlen, unterhielten sich, tranken und knutschten rum. Eines der Mädchen sah kurz auf, als ich vorbeiging, kümmerte sich dann aber wieder um ihr Gegenüber. Ich entdeckte Azura und ein anderes Mädchen, vermutlich Janine, am anderen Ende der Veranda. Sie schienen sich angeregt zu unterhalten. Als ich näher kam, sah Azura auf.

»Seth, was machst du denn hier? Ist alles in Ordnung?«

»Ja. Ich wollte bei dir sein.«

»Wirklich?«

»Wirklich. Glaubst du ernsthaft, ich wäre aus einem anderen Grund hier?«

Sie sah mich stirnrunzelnd an. »Das ist Janine. Janine, dieser unhöfliche Typ ist Seth Anomundy.«

»Hi«, begrüßte mich Janine und lächelte. Ich hatte recht gehabt mit der Spange. Selbst im Dunkeln konnte ich erkennen, dass die Zähne darunter immer noch schief standen, aber ich war mir sicher, dass sich das dank ihrer Eltern und ihres Zahnarztes bald erledigt haben würde. Der Rest von ihr war bereits perfekt.

»Hi«, erwiderte ich. Dann wandte ich mich wieder Azura zu. »Sollen wir von hier verschwinden?«

»Später vielleicht, aber jetzt noch nicht. Setz dich doch und unterhalte dich mit uns.«

Ich setzte mich, aber niemand unterhielt sich. Schließlich sagte Janine: »Das macht echt Spaß.« Es klang beinahe, als meinte sie es ernst.

Ich überlegte, ob ich einfach gehen sollte, mit oder ohne Azura. In dem Moment kam Patrick durch die Verandatür gestolpert und hastete zu uns. »Hey Seth. Erik Jorgenson ist gerade gekommen.«

Ich sprang auf. Azura erhob sich ebenfalls und legte eine Hand auf meine Schulter. »Ich rede mit ihm. Warte hier auf mich.«

»Ich komme mit«, sagte Patrick.

Ich sah zu, wie die beiden im Haus verschwanden.

»Du kannst dich wieder setzen«, sagte Janine. »Sie kann gut auf sich selber aufpassen.«

Ich tat wie geheißen, behielt aber weiter die Tür im Auge.

»Sie hat mir von dir erzählt«, fuhr Janine fort.

»Aha.«

»Sie hat erzählt, dass sie mit dir ausgegangen ist. Dass

du zu ihr gekommen bist, nachdem deine Mom … sie hat es nicht verheimlicht oder so.«

»Also hat sie sich nicht für mich geschämt?«

»Genau.«

»Wie nett von ihr.« Ich gab mir alle Mühe, mir meinen Sarkasmus anmerken zu lassen.

Wir gingen wieder dazu über, uns nicht zu unterhalten. Doch dann sagte Janine: »Das ist gar nicht so ungewöhnlich.«

»Was?«

»Du und sie. Ich meine, sie ist nicht die einzige meiner Freundinnen, die so etwas durchmacht.«

»Und was bitte schön macht sie gerade durch?«

»Keine Ahnung, wie man so etwas nennt. Eine Bad-Boy-Phase?«

»Und wie lange dauern diese Phasen im Normalfall?«

»Die Frage des Abends. Zumindest für dich.« Sie streckte sich wie eine Katze, legte die Beine über die Armlehne und verschränkte die Arme hinter dem Kopf. Dann gähnte sie. »Das ist, wie wenn man zum ersten Mal Alkohol trinkt. Du darfst es eigentlich nicht. Deine Eltern haben es dir verboten. Wenn sie es herausfinden, werden sie stinksauer. Und es ist vielleicht wirklich keine gute Idee. Aber aus genau dem Grund machst du es.« Sie kicherte, als erinnerte sie sich an etwas Lustiges.

Ich sah sie an. Sie erwiderte den Blick und lächelte, dieses Mal jedoch mit geschlossenen Lippen. Ich fragte: »Würdest du dich als Azuras beste Freundin bezeichnen?«

Ihr Lächeln verwandelte sich in ein Stirnrunzeln. »Vielleicht. Warum?«

»Würdest du sagen, dass sie dich richtig gernhat?«

»Ich denke schon, ja.«

»Dass sie dich respektiert?«

»Mich respektiert?«

»Ja. Glaubst du, dass sie dich respektiert?«

»Das ist echt 'ne komische Frage. Woher soll ich das wissen?«

»Kann ich dir auch nicht sagen. Schönen Abend noch.« Ich stand auf und ging in Richtung Küche. Ich fragte mich, ob Prinz Erik seine Gang mitgebracht hatte, und bei dem Gedanken ballten sich meine Fäuste wie von selbst. Janine stand auf und folgte mir.

Erik und Azura standen in der Mitte des Wohnzimmers und unterhielten sich. Sie sahen perfekt zusammen aus. Nicht glücklich. Aber perfekt. Ich versuchte zu deuten, worum sich die Unterhaltung drehte, dann beschloss ich, mich dazuzugesellen. Ich ging direkt auf sie zu. Erik wandte sich in meine Richtung und hielt mitten im Satz inne. Ich erinnerte mich an seinen wunderschönen Schwung mit dem Baseballschläger, und bei dem Gedanken daran tat mein Magen wieder weh.

»Was machst du hier, Seth?«

»Eine hervorragende Frage.« Ich sah zu Azura. »Ich gehe jetzt.«

»Gib mir noch ein paar Minuten«, bat sie.

»Sorry. Lass dir alle Zeit der Welt, aber ich gehe jetzt.«

»Gute Idee«, stimmte Erik zu. »Schönen Abend noch.«

Ich trat einen Schritt auf ihn zu, legte ihm beide Hände auf die Brust und gab ihm einen leichten Schubs. »Hast du deinen Baseballschläger dabei, Erik? Falls nicht, bleibe ich gern noch hier und wage ein kleines Tänzchen mit dir.« Er antwortete nicht. Patrick und die Mädchen auf der Couch entknäuelten sich, um besser zuhören zu können. Alle anderen im Raum unterbrachen ihre Unterhaltungen, nur die Musik spielte in unveränderter Lautstärke weiter. Es überraschte mich ein bisschen, dass niemand sie ausstellte.

»Was meinst du, Erik? Sollen wir nach draußen gehen? Nur du und ich? Und uns ein bisschen raufen?«

Er wich nicht zurück, aber er erwiderte auch nichts darauf. Ich bildete mir ein, dass er ein wenig nervös aussah.

Also schlug ich zu, nur um sicher zu sein. Meine Faust traf seinen Magen. Er war nicht darauf vorbereitet gewesen und krümmte sich zusammen, hielt sich den Bauch und stöhnte. Ich drehte mich um und verließ das Haus. Ich hörte, wie Azura meinen Namen rief, aber ich ging unbeirrt weiter und sie kam mir auch nicht nach.

Eine halbe Stunde später hatte ich endlich den Weg aus dem verdammten Straßenlabyrinth gefunden und fuhr nach Hause.

KAPITEL 15

Am nächsten Tag blieb ich bis zwei Uhr im Bett. Ich wachte schlecht gelaunt auf, als ChooChoo an die Tür klopfte und mich bat, mit seinem großen, tumben Hoffnungsträger A.J. eine Runde zu boxen. Ich willigte ein und versuchte, mir den Schlaf aus den Gliedern zu schütteln. Ich war steif, hungrig und genau in der richtigen Stimmung, mich mit jemandem zu prügeln.

Ich schnürte meine Schuhe. ChooChoo half mir in die Handschuhe und den Kopfschutz. Dann kletterte ich zusammen mit A.J. in den Ring und fragte mich, ob ChooChoo es inzwischen geschafft hatte, ihm seine Links-links-rechts-Angewohnheit abzugewöhnen. Es gab wohl nur einen Weg, das herauszufinden. Wir tippten die Handschuhe aneinander und gleich darauf tänzelte ich auf ihn zu. Ich bot ihm absichtlich die Möglichkeit, mich zu schlagen, indem ich meine Deckung unten ließ. Er nahm die Einladung an und platzierte einen Haken seitlich an meinem Kopf. Seine Hände waren schneller, als ich erwartet hatte, und ich fiel ohne Umschweife rücklings auf die Matte.

ChooChoo kletterte in den Ring und sah nach, ob bei mir alles in Ordnung war. »Du sollst mit ihm boxen und nicht nur ’ne Zielscheibe abgeben. Willst du dich umbringen?«

Ich zog mich an den Seilen hoch auf die Füße, schüttelte die Benommenheit aus dem Kopf und kümmerte mich wieder um A.J. Dieses Mal ließ ich die Deckung oben und versuchte, mich mit ein paar Schlägen der Führhand zu ihm vorzutasten. Er tat es mir gleich, und ich bearbeitete ihn mit einer Dreier-Kombination, auf die er nicht vorbereitet gewesen war. Alle drei Schläge saßen, richteten jedoch wenig Schaden an. Aber jetzt nahm er mich ernst. Er kam näher und konzentrierte sich auf meinen Körper, was sich als hervorragende Strategie für ihn erwies. Es tat verdammt weh. Ich hatte mich immer noch nicht ganz von den Prügeln erholt, die ich von Erik und seinen Freunden eingesteckt hatte. Ich schaffte es kaum durch die erste Runde. Als ChooChoo die Glocke schlug, brach ich in meiner Ecke zusammen.

ChooChoo ging zu A.J., um ihm Tipps zu geben, daher war ich auf mich allein gestellt. Ich wusch mir den Mund aus, wischte mir mit einem Handtuch den Schweiß aus dem Gesicht und versuchte, wieder zu Atem zu kommen, bevor die kurze Pause zu Ende war.

Als die zweite Runde begann, machte A.J. genau da weiter, wo er aufgehört hatte. Ich versuchte abzuwehren, was ich konnte, aber es kamen immer noch genug Schläge durch, sodass ich kaum Luft bekam. Ich war fertig.

Ich hatte noch nicht ein Wort mit dem Typen gewechselt und doch erschien A.J. mir bereits wie ein Sinnbild der ganzen Welt – einer Welt, die größer, gemeiner und stärker war als ich. Ich war drauf und dran, wieder gehörig in den Arsch getreten zu werden, obwohl ich doch nichts sehnlicher wollte, als endlich mal selber jemandem in den Arsch zu treten.

Irgendwo tief in mir fand ich noch ein Quäntchen Kraft und schaffte es, mich von A.J. zu lösen. Ich tänzelte quer durch den Ring und versuchte, wieder zu Atem zu kommen. Vermutlich ahnte er, dass ich nur noch einen Schlag von einem K. o. entfernt war. Er kam auf mich zu und holte aus. Irgendwie schaffte ich es, den Schlag mit ein paar vernünftigen Körperschlägen zu kontern. Mehr hatte es offenbar nicht gebraucht, dass A.J. in seine alte Routine verfiel. Links, links, rechts. Er schien einfach nicht davon loszukommen. Er schlug so fest zu, dass mein Arm schmerzte, trotzdem wehrte ich seine erste Kombination ohne Probleme ab.

Als er das nächste Mal auf mich zukam, duckte ich mich unter seiner Rechten hinweg und traf ihn mit einem soliden Aufwärtshaken am Kinn, dann mit zwei weiteren schnellen Schlägen, die ihn gegen die Seile taumeln ließen. Doch er fing sich schnell wieder und griff mich erneut an. Ich machte genau das Gleiche noch mal – duckte mich unter seinem Schlag hinweg und platzierte einen Aufwärtshaken an seinem Kinn. Mit den Handschuhen und meinen dürren Armen richtete ich nicht viel aus, aber ich sah A.J. an, dass er sich tierisch über mich aufregte. Er griff mich erneut an, schlug wild zu, und ich traf ihn zwei weitere Male. Inzwischen fuchtelte er mit den Armen wie ein übergroßer Sechstklässler. Ich duckte mich problemlos unter seinen Schlägen hinweg und konterte sie mit Schnelligkeit und Präzision. A.J. wurde immer wütender und ich ließ nicht locker.

Nach einem weiteren von A.J.s planlosen Schwüngen platzierte ich eine Dreierkombination, nach der er ein wenig benommen wirkte. Wir trainierten nur, deswegen hätte ich von ihm ablassen sollen, aber ich war inzwischen so in

Fahrt, dass ich immer weiter auf A.J. einschlug, bis ich ihn an den Rand des Rings gedrängt hatte. Wenn die Seile ihn nicht aufrecht gehalten hätten, wäre er zu Boden gegangen.

Ich hörte wie durch Watte, dass ChooChoo jemandem zurief, er solle aufhören. Dann schrie eine weitere Stimme, unartikuliert und wimmernd.

Es war meine.

ChooChoo zog mich von A.J. weg, der wie ein nasser Sack zu Boden fiel. ChooChoo hielt mich an den Schultern fest, während ich weiter in die Luft schlug, schrie und schluchzte. Schließlich ließ er mich ebenfalls auf die Matte fallen.

Ich kroch aus dem Ring und hoch in die Wohnung, wo ich mir mit den Zähnen die Handschuhe auszog und mich in die Dusche setzte, bis das Wasser kalt wurde. Ich schaltete den Fernseher an, damit die Wohnung nicht so verlassen wirkte, und vergrub meinen Kopf in ein Sofakissen.

In den nächsten zwei Tagen verließ ich die Couch so gut wie gar nicht mehr. Ich aß dann und wann, schlief immer mal wieder für ein paar Stunden und starrte mit leerem Blick in den Fernseher. Das Vibrieren meines Handys teilte mir mit, dass jemand etwas von mir wollte, aber ich sah nicht nach.

Am Morgen des dritten Tages rollte ChooChoo schließlich den Stein vor meinem Grab beiseite und zog mich wieder auf die Füße. Azura stand hinter ihm, mit einem Anzug über dem Arm. ChooChoo ließ uns allein.

»Es ist heute«, sagte Azura und reichte mir den Anzug.

Ich duschte und rasierte mich. Dann zog ich ein sauberes T-Shirt und Boxershorts an und darüber die schwarze

Anzughose und das weiße Hemd, die Azura mir mitgebracht hatte. Ich wusste nicht, wie man eine Krawatte band, deswegen bat ich Azura um Hilfe.

»Komm her.« Sie stellte den Kragen meines Hemdes auf, legte mir die Krawatte um den Hals, schlang das breite Ende mit ein paar komplizierten Windungen um das schmale und fädelte es schließlich durch den entstandenen Knoten durch. Dann knöpfte sie den obersten Knopf des Hemdes zu und zog den Krawattenknoten fest.

»Zieh das Jackett an«, sagte sie, und ich schlüpfte hinein. Sie richtete die Ärmelaufschläge und strich das Revers glatt. »Du siehst besser aus, als du solltest, du Mistkerl. Ich wette, deiner Mom hätte es gefallen, dich so schick zu sehen.«

Ich versuchte, mich zu bedanken, aber ich brachte kein Wort heraus.

Azura gab mir einen Kuss auf die Wange, wenn auch eher mütterlich. »Dieser Tag gehört deiner Mom. Tu es für sie.«

KAPITEL 16

Die Beerdigung fand direkt am Grab statt, auf einem Friedhof in Lakewood, einer Stadt südlich von Tacoma. Ich parkte Moms Jeep auf der kurvigen Friedhofstraße und ging mit Azura über einen von Grabsteinen flankierten Weg. Die Inschriften zeugten von Hunderten anderen toten Eltern und Kindern. *Do you realize that everyone you know someday will die?*

An Moms Grab standen etwa vierzig Leute. Ich hätte nicht damit gerechnet, dass so viele kommen würden. Und noch weniger hätte ich damit gerechnet, dass ich fast alle von ihnen kannte. Die meisten von Moms Kunden waren da – Pastor Vandegrift und Diane von der Kirche, Wayne von der Fahrschule, Checker Cab vom *Shotgun Shack*. Stanley Chang – in einem schwarzen Anzug über einem schlichten, schwarzen Hemd – und einige andere Stammkunden des *Shotgun Shack* standen am Fuße des Grabes und trösteten sich gegenseitig. Ich erkannte auch ein paar ehemalige Kunden von Mom, wie die alte Mrs Travish, die Mom als Putzkraft für ihr Haus eingestellt hatte, bis sie ihren Job in einem Büro verlor, weil sie während der Arbeit ständig eingeschlafen war. Mom putzte noch eine Weile umsonst für sie, bis Mrs Travish sie bat, aufzuhören. Javier Montero, dem der Autozubehörladen neben dem *Shotgun Shack* gehörte, war ebenfalls ein ehemaliger Kunde. Er wurde von seiner Frau begleitet, die sich obenrum in schwarze Spitze gehüllt hatte und untenrum Jeans und Turnschuhe trug. Javier hatte Moms Dienste nicht mehr benötigt, als ihm klar wurde, dass es weder ihn noch seine Kunden interessierte, ob sein Laden sauber war oder nicht. ChooChoo stand in einer kleinen Gruppe zusammen mit Manny, dem Trainer, A.J., der einen Sicherheitsabstand zu mir einhielt, und einer Handvoll anderer Trainer und Boxer. Sogar Sweet Pea und Nikki waren gekommen, obwohl keiner von beiden meiner Mutter je begegnet war. Nikki umarmte mich und warf Azura so etwas Ähnliches wie ein Lächeln zu. Die übrigen Trauergäste bestanden aus jenen vage bekannten Gesichtern, denen man irgendwann schon einmal begegnet war – Menschen, an deren Namen Mom mich ständig erinnert hatte, die mir aber nun nicht mehr einfielen.

Detective Carlyle stand ebenfalls unter den Trauernden. Im ersten Moment war ich wütend, als ich ihn sah. Doch er machte nicht eine Sekunde lang Anstalten, sich mit mir über die Ermittlungen zu unterhalten. Er trug zwar einen Anzug, war aber trotzdem noch der am schlechtesten Angezogene auf der ganzen Beerdigung.

Beim Anblick der vielen Leute brachte ich endlich ein paar Worte heraus. »Danke«, sagte ich zu Azura, die sich bei mir eingehakt hatte. Zum ersten Mal rollten Tränen meine Wange hinunter, eine nach der anderen. Ich wischte sie nicht weg.

Alle Trauergäste schienen ernsthaft betrübt darüber zu sein, dass Mom gestorben war. Vielleicht machten sie sich aber auch nur Gedanken über ihre eigene Sterblichkeit.

Beerdigungen erinnern einen immer daran, dass die eigenen Tage gezählt sind. Pastor Vandegrift hielt eine kurze Ansprache. Er erinnerte daran, dass Jesus in den Himmel gegangen war, um alles auf Vordermann zu bringen für jene, die ihm nachfolgten. Wie meine Mom. »Ich gehe, um einen Ort für euch herzurichten«, so hatte er es laut Pastor V gesagt. Bei ihm klang es so, als wäre Jesus eine Putzfrau.

Der Pastor schloss mit starken Worten. »Eve und ich hatten ein gemeinsames Interesse: Gedichte. Unser Geschmack war zwar unterschiedlich – ich mochte Carl Sandburg, sie Khalil Gibran –, aber nichtsdestotrotz erscheint es mir angebracht, dass ich heute mit einem Gedicht ende. Ich bin mir sicher, dass das Gedicht, das ich ausgesucht habe, Eve nicht sonderlich gefallen hätte. Es geht um Krieg. Es geht um Soldaten, nicht um Mütter. Aber ich glaube, dass Sie verstehen, warum ich es zitiere. Es ist von Archibald MacLeish und wurde bei Ausbruch des Zweiten Weltkriegs verfasst.«

Und dann las er:

Die jungen, toten Soldaten reden nicht.

Und doch hört man sie in der Stille der Häuser: Wer hat sie nicht gehört?

Sie umgibt ein Schweigen, das für sie spricht, in der Nacht und wenn die Uhr schlägt.

Sie sagen: Wir waren jung. Wir sind gestorben. Vergesst uns nicht.

Sie sagen: Wir haben getan, was wir konnten, aber solange es noch nicht vorbei ist, ist es noch nicht getan.

Sie sagen: Wir haben unser Leben gegeben, aber solange es

noch nicht vorbei ist, weiß niemand, was unsere Leben wert waren.

Sie sagen: Unser Tod gehört uns nicht; er gehört euch; ihr müsst etwas daraus machen.

Sie sagen: Ob unser Leben und unser Tod für Frieden und neue Hoffnung stehen oder für gar nichts, können wir nicht sagen; ihr müsst das sagen.

Sie sagen: Wir hinterlassen euch unseren Tod. Gebt ihm eine Bedeutung.

Wir waren jung, sagen sie. Wir sind gestorben. Vergesst uns nicht.

Azura und ich gingen, nachdem die erste Schaufel mit Erde den Sarg bedeckt hatte. Ich wollte nicht bleiben und mir Gedanken darüber machen, wie ich auf das Mitleid reagieren sollte, das die Leute über mir ausschütten würden.

Es war still im Auto. Ich hatte das Radio ausgestellt. Azuras Hand streifte meinen Arm, und ich nahm ihre Hand in meine. So saßen wir eine Viertelstunde lang einfach nur da. Im Rückspiegel sah ich, wie die ersten Trauergäste in ihre Autos stiegen und hintereinander vom Friedhof fuhren. Als Letztes kam Stanley Chang, der in einen alten, gelben Pick-up kletterte. Aber anstatt den anderen Autos hinterherzufahren, wendete er und folgte der Straße weiter in den Friedhof hinein. Ich sah ihm nach.

»Wen beobachtest du?«, fragte Azura.

»Stanley Chang … er fährt … warum fährt er in die andere Richtung?« Ich öffnete die Tür und stieg aus. »Kommst du mit?«, fragte ich Azura.

»Aber gern, Mr Unberechenbar.«

Wir liefen quer über den Friedhof von einem Grabmal zum nächsten und versuchten, Stanleys gelbem Pick-up unerkannt zu folgen. Als der Kleinlaster vor einem großen Veteranendenkmal hielt, kauerten Azura und ich uns hinter einen Grabstein. Eine Gestalt trat hinter dem Denkmal hervor. Es war eine Frau in einem langärmeligen, bodenlangen schwarzen Kleid. Auf dem Kopf trug sie einen breitkrempigen Hut mit einem Schleier, sodass es unmöglich war, ihr Gesicht zu erkennen. Stanley sprang aus dem Auto und öffnete die Beifahrertür. Die Frau stieg ein. Stanley schloss die Tür wieder, kletterte auf den Fahrersitz und fuhr davon.

Azura und ich liefen zurück zum Jeep, aber als wir dort ankamen, war der Pick-up bereits außer Sicht.

»Wer war die Frau?«, fragte Azura.

»Dreimal darfst du raten«, erwiderte ich.

KAPITEL 17

Am nächsten Nachmittag schrieb mir Azura und fragte mich, ob ich Lust hätte, eine Besorgung mit ihr zu erledigen. Um drei fuhr sie mit ihrem Lexus vor und sammelte mich ein. Ihr iPod war an ihre Anlage angeschlossen und spielte wieder Jack Johnson. Ich scrollte durch die Playlist und wechselte ungefragt zu Kid Cudi. Sie sah mich böse an, also switchte ich wieder zurück. »Wo fahren wir hin?«, fragte ich.

»Ist das wichtig, solange du mit mir zusammen bist?«

»Das kommt ganz darauf an, wo wir hinfahren.« Sie sah mich erneut böse an, dann erklärte sie, dass ihr Dad sie gebeten hatte, die alte Uhr aus der Werkstatt abzuholen. Ich runzelte die Stirn.

»Was ist?«

»Nichts. Nur erledige ich so etwas normalerweise für Nadel. Ich frage mich, warum er mich nicht angerufen hat.«

»Vielleicht ist ihm zu Ohren gekommen, dass du nicht nur Uhren abholst, sondern ab und zu auch ein paar Töchter mitnimmst.«

»Die Initiative ist ja wohl eindeutig von dir ausgegangen.«

»Das redest du dir bloß ein. Du hast genau das mitgenommen, was du gebraucht hast.«

»Weiß dein Dad, dass ich bei dir bin?«

»Nein. Ich habe ihm gesagt, dass ich allein fahre.«

Azuras Antwort ärgerte mich. Sie verleugnete mich.

Die Welt ist dreckig, warum also sauber bleiben? Ja, warum eigentlich? Jeder hatte Dreck am Stecken. Miss Irene behauptete, unschuldig an Moms Tod zu sein, lief aber vor der Polizei davon. Checker Cab hielt zwar die Stellung im *Shotgun Shack*, bediente sich aber mit ziemlicher Sicherheit aus der Kasse. Jeder hatte irgendeinen dunklen Fleck auf seiner Weste. Azura auch?

»Und dieser Typ war ein Kunde von deiner Mom?«

»Nadel? Ja, seit ich denken kann. Ich hab so ziemlich mein ganzes Leben in seinem Laden abgehangen. Er ist ein komischer alter Kauz, aber er war immer nett zu mir.«

Die Türglocke bimmelte, als wir den Laden betraten. »Komme gleich«, rief Nadel aus dem Hinterzimmer.

Der Verkaufsraum war erfüllt vom Ticken unzähliger Uhren. Große Standuhren mit trägen Pendeln, kleine Glaskuppeluhren mit herumwirbelnden Gewichten, Regale voller Kaminuhren, Wände voller Wanduhren, ein Kasten voller antiker Armband- und Taschenuhren. Und jede einzelne Uhr lief.

»Ich frage mich, wie viel Uhr es ist«, blödelte ich.

Azura verdrehte die Augen und sah sich dann aufmerksam im Raum um. »Das erinnert mich an Gepetto«, sagte sie. »Aus *Pinocchio*. In zehn Minuten ist es sechzehn Uhr. Gehen sie zur vollen Stunde alle gleichzeitig los?«

»Allerdings. Nadel achtet immer darauf, dass alle Uhren laufen. Er sagt, das sei die einzig vernünftige Art, eine Uhr auszustellen, und außerdem kann man nur so sichergehen, dass sie noch richtig funktioniert. Nadel sagt, dass alles Mechanische früher oder später einmal kaputtgeht – aber dass man auch alles wieder reparieren kann. Und glaub mir, dieser Typ kann wirklich alles reparieren.«

»Ich möchte hierbleiben, bis sie alle losgehen«, sagte Azura.

»Dann bleiben wir so lange. Komm«, sagte ich. »Gehen wir in die Werkstatt. Da drin ist es auch ziemlich cool.« Ich führte Azura um die Theke herum und durch die Tür in den hinteren Teil des Ladens. Nadel war gerade mit dem Fegen des Fußbodens fertig und beförderte einen beachtlichen Haufen Dreck auf ein Kehrblech. Er bemerkte uns nicht.

Die Werkstatt war so aufgeräumt wie eh und je. Alle Schubladen und Schranktüren waren geschlossen. Die Uhr der Lears hing an der Wand, wie seit dem Tag, als ich sie gebracht hatte. Die einzige andere Uhr in der Werkstatt war eine unspektakuläre kleine Tischuhr von Hermle, die schon seit Ewigkeiten im Laden hin und her geschoben wurde. Die Werkbank war leer, bis auf Nadels Werkzeug und zwei Bücher, die aufgeschlagen auf der Arbeitsplatte lagen. Bedienungsanleitungen vielleicht? Ich hatte noch nie ein Buch im Laden gesehen, deswegen hatte ich keine Ahnung, wovon sie handeln könnten.

»Hallo, Nadel«, sagte ich. »Ich hoffe, du hast nichts dagegen, dass ich Azura mit nach hinten gebracht habe.«

Nadel erstarrte mitten in der Bewegung. Er ließ das Kehrblech fallen und eine Wolke aus Staub und Metallsplittern ergoss sich auf den Boden. Er richtete sich auf. »Seth? Was machst du denn hier?«

»Ich bin ein Freund von Azura. Sie hat mich gebeten,

mitzukommen. Wir sind wegen der alten Uhr hier. Von den Lears.«

»Ihr zwei kennt euch?«

»Ja, aber noch nicht lang. Wir haben uns getroffen, als ich die Uhr bei den Lears abgeholt habe.«

»Ahh«, sagte er. »Das ist ja interessant.« In der darauffolgenden Stille wischte er sich die Hände gedankenverloren an einem Lappen ab, obwohl sie überhaupt nicht dreckig waren. Dann durchfuhr ihn plötzlich ein Ruck und er schob uns beide in den Verkaufsraum zurück. »Unterhalten wir uns lieber hier draußen weiter, wo es nicht so unordentlich ist.« Er schloss die Tür hinter sich. »Das mit deiner Mutter tut wir wirklich leid.«

»Danke.«

»Aber die Uhr ist noch nicht fertig. Ihr müsst später noch mal wiederkommen.«

»Merkwürdig«, sagte Azura. »Soweit ich weiß, haben Sie selbst bei uns angerufen und gesagt, wir könnten sie abholen.«

»Ein andermal. Ein andermal. Auf Wiedersehen.«

Er drehte sich abrupt um und verschwand wieder in der Werkstatt.

»Was war das denn?«

»Keine Ahnung. Vielleicht versucht er, den Preis für die Reparatur in die Höhe zu treiben. Nadel hängt an seinem Geld.«

»Er ist definitiv ein komischer alter Kauz. Können wir trotzdem bleiben, bis die Uhren losgehen?«

Während wir auf die volle Stunde warteten, schlenderte Azura im Verkaufsraum herum und betrachtete die alten

Uhren. »Das hier ist eine *Hayley Perpetual*«, sagte ich, als sie zu einer mannshohen Standuhr kam. »Man muss sie nur alle acht Tage aufziehen und sie ist erstaunlich präzise, wenn man bedenkt, dass sie vor über einhundertfünfzig Jahren gebaut wurde.«

»Und wie zieht man sie auf?«

Ich genoss es, mich in ihrer Gegenwart als Experte zu zeigen. »Du ziehst die Ketten nach unten, wodurch diese Gewichte hier hochgehen. Die Gewichte – und die Schwerkraft – treiben das Pendel an. Und das Pendel treibt die Zahnräder an. Jeder Schwung des Pendels ist ein Klick eines Zahnrads. Und jedes Zahnrad hat eine andere Aufgabe – den Schwung weitergeben, den Schwung regulieren, den Schwung umverteilen. Einige lassen den Stundenzeiger wandern, andere sind für den Mondzyklus zuständig – den Teil, den man durch das fächerartige Fenster hier oben sieht – und einige für den Minutenzeiger. Sie arbeiten alle zusammen. Aber wenn nur ein winziges Rädchen nicht mehr funktioniert, steht die ganze Uhr still.«

Wir gingen schweigend durch den Raum und sahen zu, wie sich die Minutenzeiger langsam auf die Zwölf vorarbeiteten. Um eine Minute vor vier hörte ich, wie das Telefon in der Werkstatt klingelte. Nadel sagte »Hallo«, und dann: »Warum rufst du mich ständig an?« Ich verstand nur seinen Part der Unterhaltung. »Er war hier … Ja, hier im Laden … Nein, ein Mädchen war bei ihm … muss die Tochter sein … ja, welche denn sonst? … Woher soll ich das wissen? … Ich glaube nicht, dass das notwendig ist. Bitte hör auf, mich anzurufen.«

Danach verstand ich nichts mehr, denn eine kleine Kaminuhr neben mir ließ eine Serie von Gongschlägen ertönen, als ihr Hammer gegen eine metallene Spirale im Innern schlug. Die Tür einer Kuckucksuhr daneben öffnete sich und der winzige hölzerne Vogel erschien und begann mit seinem Balzruf. Die große *Hayley Perpetual* übernahm den tiefen Part mit ihren vollen, majestätischen Schlägen. Drei Uhren im Laden begannen, Westminstermelodien zu spielen, alle eine halbe Sekunde zeitversetzt, als würden sie heute zum ersten Mal zusammen proben. Es gongte, läutete und zwitscherte im gesamten Laden. Azura drehte sich mittendrin um die eigene Achse, die Arme ausgestreckt, mit weit aufgerissenen Augen von einer Uhr zur nächsten blickend. Dann schloss sie die Augen und lauschte, die Hände erhoben, als stünde sie im Regen und versuchte, Regentropfen zu fangen. Ich beobachtete sie, dachte, wie wunderschön sie war, und fragte mich, was Nadel mit dem Tod meiner Mutter zu tun hatte.

KAPITEL 18

Nachdem die Uhren wieder zu ihrem gleichmäßigen Ticken zurückgekehrt waren, verließen wir Nadels Laden. Wäre dieser alte Mann tatsächlich imstande, jemanden umzubringen? Ich hielt das für unwahrscheinlich. Nadel war für mich immer wie ein Großvater gewesen, und jetzt überlegte ich allen Ernstes, ob er einen Mord begehen konnte. Ich wollte gerade in Azuras Auto steigen, als mein Blick auf die Bar auf der anderen Straßenseite fiel – *Breakneck Bar and Grill,* dieselbe Bar, in der Carlyle immer essen ging. Er hatte gesagt, dass der Barkeeper gegenüber von Nadels Laden gesehen hatte, wie meine Mom an jenem Abend gegangen war.

»Hast du Durst?«, fragte ich Azura. Sie hob fragend eine Augenbraue. Ich hatte mir immer schon gewünscht, eine einzelne Augenbraue heben zu können. Für mich gab es nur beide oder keine.

Von außen sah die *Breakneck Bar* aus wie eine Müllhalde. Von innen war sie es. Als Azura und ich eintraten, rannten wir beinahe in drei Gäste an der Bar, die nur wenige Meter vom Eingang entfernt war. Alle drei drehten sich gleichzeitig um. Sie bedachten mich mit einem kurzen Blick, dann musterten sie Azura eindringlich von oben bis unten. Sie ergriff meinen Arm und wir gingen schnell bis ans Ende der Bar. Sie schien sich wohl bei mir sicher zu fühlen.

Wir setzten uns auf zwei leere Barhocker neben ein staubiges Glas mit eingelegten Eiern und eine kaputte Losmaschine. Ich fragte mich, warum Carlyle hier so oft essen ging, andererseits erinnerte mich der Laden auch irgendwie an ihn – verschlafen, unordentlich und im Großen und Ganzen eher unfreundlich. Der Barkeeper, ein kleiner, grauhaariger Mann in einem dreckigen, gelben T-Shirt, arbeitete sich langsam zu uns herüber. Er lächelte. »Kann ich mal eure Ausweise sehen?«

»Eigentlich habe ich nur eine kurze Frage – falls Sie der Barkeeper sind, der die Spätschicht hat.«

»Das bin ich, aber ich muss trotzdem eure Ausweise sehen. Wenn ihr keine 21 seid, dürft ihr hier gar nicht rein.«

»Wir sind keine 21.«

»Dann geht bitte.« Er drehte sich ohne ein weiteres Wort um.

»Warten Sie«, sagte Azura. »Könnten Sie vielleicht draußen kurz mit uns reden?«

»Für zwanzig Mäuse, aber nur zwei Minuten.«

Ich zog einen Zwanzig-Dollar-Schein aus der Tasche und reichte ihn dem Barkeeper. Er wandte sich seinen Gästen zu und sagte: »Jerry, pass mal für ein paar Minuten auf die Bar auf. Und halt Alberts schmierige Lippen vom Zapfhahn fern.« Er kam hinter der Theke hervor und folgte uns nach draußen. Auf dem Bürgersteig sah er auf seine Uhr. »Die Zeit läuft.«

»Kürzlich hat ein Detective Carlyle mit Ihnen gesprochen.«

»Der Cop? Ja, über die Putzfrau, die umgebracht wurde. Warum?«

»Sie haben ihm erzählt, dass Sie gesehen haben, wie die Frau den Uhrenladen da drüben verlassen hat.«

»Warum wollt ihr das wissen?«

»Sie war meine Mom.«

Der Barkeeper hob beide Augenbrauen. Offensichtlich galt für ihn auch das Prinzip beide oder keine. »Deine Mom? Hör mal –«

»Wir haben Ihnen zwanzig Mäuse gegeben, dann reden Sie jetzt auch mit uns. Sie haben dem Cop erzählt, dass die Frau den Laden verlassen hat. Können Sie mir noch einmal sagen, was Sie genau gesehen haben?«

Der Barkeeper fuhr sich mit der Hand über den Nacken. »Hör mal, Junge. Ich – ach, zum Teufel. Okay. Ich sag dir das Gleiche wie dem Cop. Ich hab die Bar sauber gemacht – so gegen drei Uhr nachts. Und dann hab ich sie in ihrem Jeep wegfahren sehen. Genauso wie sonst auch.«

»Nichts Ungewöhnliches?«

»Nichts. Tut mir leid. Ich wünschte, ich könnte dir etwas anderes erzählen.«

Ich dachte einen Moment lang nach. »Haben Sie gesehen, wie sie aus dem Laden herausgekommen ist?«

Der Barkeeper kniff die Augen zusammen, dann sagte er: »Nein. Ich habe nur gesehen, wie ihr Jeep davonfuhr. Aber daran erinnere ich mich genau, weil sie beinahe einen Typen auf einem Fahrrad plattgemacht hätte.«

»Sie hätte fast ein Kind überfahren?«

»Kein Kind. Einen Typen. Großer Typ auf kleinem Fahrrad.«

Ich dachte an King Georges massige Gestalt auf seinem BMX. »Können Sie sagen, ob sie selbst gefahren ist?«

»Ich schätze nicht. Es war dunkel draußen. Wahrscheinlich habe ich einfach nur angenommen, dass sie es war.«

»Das ist alles, was ich wissen wollte«, sagte ich. Ich dankte ihm und wandte mich zum Gehen.

»Hey Kleiner. Du solltest dein Geld zurücknehmen. Wenn ich es behalte, krieg ich ein schlechtes Gewissen.« Er hielt mir die zwanzig Dollar hin.

»Und ich krieg eins, wenn ich es Ihnen wieder wegnehme.«

Auf dem Weg zurück zum Boxclub klingelte mein Telefon. Es war Checker Cab. Ich ließ die Mailbox anspringen, denn ich hatte keine Lust, während des Abendansturms zu arbeiten. Als ich die Nachricht abhörte, meinte Checker jedoch, dass er »Informationen hätte, die ich nützlich finden könnte.« Kurz entschlossen fuhren wir zum *Shotgun Shack*.

Das Restaurant war beinahe leer. Zwei hübsche, dunkelhäutige Teenager-Mädchen, die ich noch nie zuvor gesehen hatte, lehnten an der Theke. Sie hatten die Köpfe zu einem Flüstern zusammengesteckt, während sie in die Richtung von King George sahen, der an seinem angestammten Tisch saß. Beide Mädchen hatten volles, glänzendes Haar, lange, dunkle Wimpern und kleine schwarze Schürzen über ihren engen T-Shirts und Jeans. Stanley Chang saß auf seinem Platz und las die Zeitung. Azura und ich gingen zu ihm.

»Hey Stanley«, sagte ich zu dem alten Hawaiianer. »Warst 'ne Weile nicht hier.«

»Aloha, Cousin«, sagte Stanley. Ich stellte ihm Azura vor. Er fragte: »Ist sie deine *ku'uipo?*« Ich war mir ziemlich sicher, was das Wort bedeutete, aber ich zuckte nur mit den Schultern.

»Stanley, ich frage mich, ob du in letzter Zeit Miss Irene gesehen hast.«

Stanley Changs Haut, die normalerweise die Farbe von altem Holz hatte, errötete. »Warum fragst du mich das?«

Ich lächelte. »Weil jeder weiß, dass Miss Eye deine *ku'uipo* ist. Habe ich es richtig ausgesprochen?«

»Ich hab Miss Eye nicht gesehen. Vermutlich ist sie für immer verschwunden.«

»Und trotzdem kommst du noch hierher?«

»Natürlich.« Er rieb sich den Bauch. »Ich habe mich an das Essen gewöhnt. Und ich will sichergehen, dass Checker Cab den Laden nicht in den Ruin treibt.«

»Warum machst du dir Sorgen um so etwas?«

»Wenn der Laden hier dichtmacht, wo soll ich denn dann essen gehen?«

»Was geht, Seth?«, rief King George von seinem Tisch aus herüber.

Ich konnte mich nicht erinnern, wann King George mich das letzte Mal gegrüßt hatte. »Was geht, George?«

»Hab 'ne Frage an dich. Wie kommt es, dass du mit diesem alten Trottel sprichst, aber mir nicht den nötigen Respekt erweist?«

»Ich behandle dich nicht respektlos, King«, erwiderte ich. »Stanley und ich plaudern nur ein bisschen.«

»Tja, vielleicht will ich ja auch ein bisschen plaudern. Warum bringst du nicht deine Freundin mit und setzt dich zu mir? An meinen Tisch?« Er breitete seine riesigen Arme aus, als wäre er ein Herrscher, der sein Reich präsentierte. Vielleicht war es ja genau das. Ich war noch nie zuvor zu King Georges Tisch gerufen worden, doch nun zog ich Azura nervös mit zu ihm hinüber. Sie krallte sich so fest in meinen Arm, dass es wehtat. Ich rutschte zuerst auf die Bank, Azura setzte sich daneben.

»Na also«, sagte George ohne die Andeutung eines Lächelns. »So furchterregend ist der King doch gar nicht. Wer ist das Mädchen?«

»Ich bin Azura.« Ihre Stimme war leise, aber ohne die Spur eines Zitterns.

»Ah-suu-rah. Was zum Teufel ist denn das für ein Name? Wie heißt du mit Nachnamen, Ah-suu-rah?«

»Lear. Wie alt bist du?«

George schien erstaunt über die Frage, und für einen kurzen Augenblick wirkte er jung. »Siebzehn, als ich das letzte Mal nachgesehen habe.«

»Und warum sehe ich dich dann nie in der Schule?«

»Da bringt man mir nichts mehr bei, Ah-suu-rah Lear.«

»Weil du schon alles weißt? Hast du die Schule abgebrochen?«

»Abgebrochen? Verdammt, nein. Ich bin kein Schulabbrecher. Ich bin der King.« Er stemmte die Ellbogen auf den Tisch, sodass Azura seine muskulösen Oberarme sehen konnte. »Ich wette, dass du es gerne ab und zu mal krachen lässt. Du hast so ein Funkeln in den Augen. Wir beide wären ein Spitzenpaar. Zusammen könnten wir so richtig auf den Putz hauen. Was meinst du?«

Als Azura errötete, lächelte King George. »Du denkst darüber nach. Das sehe ich.«

»Lass sie in Ruhe, George«, sagte ich.

»Halt die Klappe, Seth. Ich rede nicht mit dir.« Seine Augen verharrten auf Azuras Gesicht und forderten sie heraus, den Blick abzuwenden. »Also, was ist, Ah-suu-rah Lear?«

Sie errötete weiter, hielt aber seinem Blick stand. »Nein.«

»Nein? Du sagst Nein zum King? Magst du Seth etwa lieber? Warum hängst du bloß mit diesem bescheuerten Waisenkind ab?«

»Seth ist weder bescheuert noch ein Kind.«

Azura stand auf. Ich tat es ihr gleich. King George richtete seinen ausdruckslosen Blick auf mich. »So so. Bist du jetzt also ein richtiger Mann, Seth? Ich wusste ja, dass du auf dich allein gestellt bist, aber ich wusste nicht, dass du zum Mann geworden bist. Gut zu wissen.« Er lachte laut auf. »Gut zu wissen! Hey Seth, der Mann, das Mädchen will gehen. Du und deine Männlichkeit gehen ihr besser nach. Lauf schon, Seth, der Mann.«

Ich versuchte, mich nicht allzu offensichtlich zu beeilen, als wir uns auf den Weg in die Küche machten, wo Checker Cab vor sich hin brummelnd den Teig für den Maiskuchen herstellte. Als wir hereinkamen, sah er auf. »Verdammter King George«, murmelte er leise. »Er sitzt den ganzen Tag da draußen rum und sorgt dafür, dass sich die Gäste unwohl fühlen. Warum tut er das?«

»Wer sind die beiden Mädchen, Checker?«

»Meinst du Shantay und Rachelle? Sie sind mein neuer Business-Plan. Meine neuen Kellnerinnen. Sie halten die Gäste bei Laune, während ich mich ums Kochen kümmere.«

»Und wie läuft das bis jetzt?«

»Sie haben heute erst angefangen. Sind mit besten Empfehlungen von einem Freund zu mir gekommen. Wenn die Mädels erst mal loslegen, dann kann Miss Eye so lange wegbleiben, wie sie will. Ich nehme an, wenn sie nicht wiederkommt, wird das hier mein Restaurant. Könnte sogar den Namen ändern, von *Shotgun Shack* zu *Checker's Café*.«

»Welche ist Shantay und welche Rachelle?«

Checker Cab beugte sich mit einem breiten Grinsen zu mir. »Ich habe keine Ahnung. Wenn du es herausfindest, dann lass es mich wissen.« Er lachte lauthals über seinen eigenen Witz.

»Du hast gesagt, dass du Informationen für uns hättest, Checker?«

Checker Cab lächelte. »Das habe ich. Kommt mal mit.« Er zog sich die Einmal-Handschuhe aus und warf sie in den Müll. Dann führte er uns in die Vorratskammer, wo die bis zur Decke reichenden Regale gefüllt waren mit Tüten voller Weizen- und Maismehl, Dosen mit Backpulver und Salz und Säcken voller Zwiebeln. »Letzte Nacht nach Ladenschluss war ich hier drin und hab die Vorräte aufgefüllt, allein, weil ich ja niemanden habe, der mir hilft. Bis heute. Einen Moment.« Er stemmte die Hände in die Hüften und bog den Rücken mit einem Stöhnen durch. »O Mann. Wie auch immer, als ich gerade eine Dose mit Backpulver aus dem Regal nahm, fand ich … das hier.«

Checker zog eine Dose aus der ersten Reihe des Regals. Dahinter kam eine kleine Flasche aus braunem Glas zum Vorschein. Sie hatte einen Schraubverschluss und ein weißes Etikett mit schwarzen Buchstaben. Sie kam mir irgendwie bekannt vor, aber ich kam nicht darauf, wo ich sie schon einmal gesehen hatte.

»Gift?«, fragte ich.

»Verdammt richtig, das ist Gift. Kaliumcyanid. Hier zwischen meinen Vorräten. Also habe ich mich gefragt, welcher Idiot Gift zwischen die Vorräte eines Restaurants stellt.«

»Und zu welcher Antwort bist zu gekommen? Bevor du jetzt behauptest, dass es Miss Irene war, denk daran, dass sie dich damals von der Straße –«

»Warte, Seth. Ich habe noch keine Namen genannt. Und du brauchst mich nicht daran zu erinnern, wie erbärmlich es mir ging, bevor Miss Irene Dunlop mich aus der Gosse geholt hat. Aber jetzt ist sie weg. Und ich habe dich angerufen, weil ich helfen will.«

»Du hast angerufen, weil du die dreihundert Dollar willst.«

»Na hör mal. Ich dachte, du versuchst den Mörder deiner Mutter zu finden. Was war das noch mal für ein Gift, mit dem sie umgebracht wurde?«

»Du kennst die Antwort.«

»Es steht genau hier, Seth. Bring es zur Polizei und ich wette, dass es exakt das gleiche Gift ist, das deiner Mutter das Leben gekostet hat. Und wenn sie den Mörder finden, wer auch immer es sein mag – dann erinnere dich einfach an unsere kleine Abmachung.«

Wir gingen zurück in den Speiseraum und in Richtung Tür. »Seth, der Mann«, rief King George mit vollem Mund, »kommst du zurück, um mir Gesellschaft zu leisten? Kannst dir ein Steak mit deinem Schätzchen teilen. Auf meine Rechnung.«

»Nein danke«, erwiderte ich.

»Habt ihr etwa was Besseres zu tun? Wo geht ihr hin?«

»Nach Hause.«

KAPITEL 19

Draußen war es bereits dunkel, als wir zurück zum Boxclub fuhren. Die Halle war abgeschlossen und die Lichter aus, also war ChooChoo schon zu Hause. Azura und ich gingen durch die dunkle Halle in Richtung Treppe. Ich ärgerte mich darüber, dass King George mich vorgeführt hatte wie ein kleines, ängstliches Kind, obwohl er nur ein Jahr älter war als ich.

King hatte nicht nur seine Schullaufbahn für beendet erklärt, sondern ganz offensichtlich auch seine Jugend, und das mit einem dicken Bündel Geldscheine in der Tasche. Falls ich beschloss, nicht zurück zur Schule zu gehen, würde mich das erwachsener machen? Ich fragte mich, wie Mom wohl diese Frage beantwortet hätte.

Ich ärgerte mich auch darüber, wie einfach es für Checker Cab zu sein schien, Miss Irene im Stich zu lassen nach allem, was sie für ihn getan hatte. Wie das Gift wohl in das Restaurant gekommen war? Wenn es nicht Miss Irene dorthin gestellt hatte, wer dann? Checker Cab? Würde er Miss Eye für nur dreihundert Dollar einen Mord anhängen?

Ich dachte an Azura. Ich hatte fest damit gerechnet, dass sie inzwischen die Nase voll von mir hätte, aber sie war immer noch da. Sie hatte sich gegenüber King George behauptet, sogar besser als ich. Vielleicht war sie doch mehr als nur die Tochter eines reichen Mannes. Und vielleicht suchte sie nach mehr als nur nach einer Ablenkung von ihrem behüteten Leben.

Als wir die Treppe erreichten, legte ich meine Hand auf das rostige Geländer. Wir standen sozusagen auf der Schwelle zu meinem Zuhause. Die Treppen zu Azuras Haus führten von einem grasbewachsenen Hof zu einer weitläufigen Veranda. Meine Treppen führten von einer verschwitzten Turnhalle zu einer winzigen Wohnung.

Ich war mir nicht sicher, ob ich sie hochbitten sollte, keine Ahnung, warum. Schämte ich mich dafür, wo ich wohnte, oder wollte ich mein Zuhause vor kritischen Blicken beschützen? Mit einem Mal vermisste ich Mom furchtbar. Ich wollte, dass sie die Tür öffnete und fragte: »Hey Schatz. Wer ist deine Freundin? Warum bittest du sie nicht herein?« Vielleicht wäre sie uns auch auf dem Weg zur Arbeit auf der Treppe begegnet und hätte gesagt: »Denk nicht einmal daran, mit einem so hübschen Mädchen allein in der Wohnung zu sein.«

»Bittest du mich nach oben?«, fragte Azura.

»Ich denke gerade darüber nach.«

»Was gibt es da nachzudenken?«

»Genau darüber denke ich nach.«

»Ich kann auch einfach gehen.«

»Ich will nicht, dass du gehst.«

»Dann bitte mich herein.«

»Ich glaube, das will ich auch nicht.«

Wir standen da, meine Hand auf dem Geländer, Azuras Arme vor der Brust verschränkt. Ich wollte, dass mir jemand die Entscheidung abnahm. Mein Wunsch ging in

Erfüllung, als sie sagte: »Wenn dir die Entscheidung so schwerfällt, dann sollte ich wohl besser gehen.« Schweigend begleitete ich sie durch die verlassene Halle zurück zur Tür. Ich versuchte, ihre Hand zu fassen, aber sie zog sie zurück.

Als wir nach draußen auf die Straße traten, löste sich ein Schatten aus der Dunkelheit. Azura schrie auf, woraufhin ihr eine riesige Hand ins Gesicht schlug und sie zum Schweigen brachte. Sie wurde gegen die Hauswand geschleudert, wo sie mit dem Kopf zuerst gegen die Mauer prallte und dann auf dem Bürgersteig aufschlug. Sie blieb reglos liegen.

»Du bist der Nächste«, sagte der Schatten und sah zu mir hinunter. Er war riesig und ganz in Schwarz gekleidet. Eine Wollmütze und ein Halstuch bedeckten fast das ganze Gesicht.

»Was wollen Sie?«, fragte ich und bereitete mich instinktiv auf seinen Schlag vor.

»Ich hab eine Botschaft für dich«, erwiderte er. Seine Stimme war heiser, als würde er sie absichtlich verstellen. Dann schlug er zu. Er war nicht sonderlich schnell, sodass ich ihm ausweichen konnte. Ich schlug ihm zweimal schnell hintereinander in die Körpermitte. Sie war so hart, dass mir die Hand wehtat. Der Schatten murrte nicht einmal. Ich fluchte.

»Die Botschaft lautet: Halt dich raus!« Er schlug erneut zu. Ich wich aus und versuchte es wieder mit zwei Schlägen in den Bauch. Er versuchte nicht einmal, sie abzuwehren, sondern verpasste mir stattdessen einen kräftigen Schubs. Ich stolperte zurück und landete auf meinem Hintern.

»Aus was denn raushalten?«, fragte ich und rappelte mich wieder auf.

»Das weißt du genau. Hör auf, dich in fremde Angelegenheiten einzumischen.«

»Meine Mom wurde umgebracht. Ich bin mir ziemlich sicher, dass das auch meine Angelegenheit ist.«

»Falsche Antwort«, erwiderte der Schatten. Er griff mit seiner riesigen Hand nach mir. Ich schlug ihn so hart ans Kinn, wie ich konnte. Sein Kopf ruckte kurz nach hinten, befand sich aber genauso schnell wieder in Position. Seine Arme schlossen sich um meinen Oberkörper. Bevor ich ihm entwischen konnte, drückte er zu.

Die Luft entwich zischend aus meinem Mund, bis ich nach Atem rang. Aber ich bekam keine Luft mehr. Ich konnte nur noch die Lippen öffnen wie ein Fisch an Land. Meine Lungen waren kurz davor, zu kollabieren, mein Rückgrat kurz davor, zu brechen. Ein Arm wurde gegen meinen Oberkörper gepresst. Ich spürte, wie der Knochen brach, doch der Schmerz fügte sich nahtlos ein in die unerträgliche Qual des Panzergriffs. Selbst mein Herz tat weh. Ich fragte mich, ob ich wie ein Luftballon zerplatzen würde.

Ich würde sterben, so sicher wie aus 23 Uhr 59 Mitternacht wurde. Ich wollte nur noch, dass der Schmerz aufhörte, dass sich der stählerne Griff lockerte und ich tot und schmerzfrei zu Boden fallen konnte.

»Lass ihn los«, sagte eine Stimme mindestens eine Million Kilometer entfernt. Ich hatte die Stimme einmal gekannt, vor Tausenden von Jahren, bevor dieser unbarmherzige Griff zu meiner ganzen Welt geworden war. Plötzlich begann der Körper, der mich hielt, zu taumeln, als hätte ihn ein Laster gerammt. Doch der Griff umklammerte mich unvermindert fest. Der Körper taumelte erneut, stärker als zuvor, und dieses Mal lockerte sich der Griff. Ich entglitt den Armen und sank dankbar auf den harten Beton.

»Was zum Teufel soll das, alter Mann?«, knurrte der Schatten. Und plötzlich erkannte ich ihn. Es war King George. Er hatte mich beinahe umgebracht! Sein riesiger Körper türmte sich über mir auf, und ihm gegenüber stand ein weiterer Riese – ChooChoo. Seine Arme hingen entspannt herab, aber im Licht der Straßenlaterne konnte man das Funkeln in seinen Augen erkennen. Aus seinem Blick sprach pure Mordlust.

»Verschwinde von hier«, sagte ChooChoo. »Du hast hier nichts verloren.«

»Und du solltest dich besser raushalten, du abgewrackter alter Sack.«

»In Ordnung. Du verschwindest. Ich halt mich raus. Wir woll'n hier keinen Ärger.«

»Den habt ihr schon. Ich bin der Ärger in Person. Du weißt, dass ich recht habe, alter Mann. Ich bin jung und stark und kann dir verdammt wehtun.«

»Eine Menge Menschen können mir wehtun, George. Da is' nichts Besonderes dran.«

»Du sagst jetzt diesem Milchgesicht, dass er seine Nase aus meinen Angelegenheiten halten soll.«

»Der Junge versucht nur, etwas über den Tod seiner Mutter herauszufinden. Dazu hat er jedes Recht.«

»Seine Mom war 'ne billige Putzschlampe. Halb verrückt, debiles Lächeln. Warum kümmert ihr euch noch um sie? Die ist doch den Ärger nicht wert.«

ChooChoo bewegte sich kaum. Er drehte nur seine Hüfte ein wenig schräg, aber daran erkannte ich schon, dass eine Explosion bevorstand. »Die Frau hat mir was bedeutet, also hältst du jetzt besser den Mund. Und gehst.«

King George ließ ein paar Sätze mit wirklich schlimmen Wörtern vom Stapel, einen über ChooChoo und einen über Mom. Jetzt gab es kein Zurück mehr. Entweder machte ChooChoo ihn nun fertig oder er wurde von ihm fertiggemacht. Das war das Gesetz der Straße. Eine riesige Faust schoss auf King George zu und schlug ihm gegen das Kinn, ein weiterer Fausthieb traf ihn in der Magengegend. ChooChoos Hände prügelten mit einer Geschwindigkeit auf King George ein, die ich ihm niemals zugetraut hätte, sie zerschlugen sein Gesicht und bohrten sich in seinen Magen.

Ich hatte ChooChoo noch nie so gesehen, und es machte mir Angst. Lange würde King George das nicht mehr aushalten. ChooChoo hatte sich in einen Rausch geprügelt, und es war, als schlüge er mit Hämmern auf sein Opfer ein.

George taumelte außer Reichweite. Er versuchte, seine Arme in Boxhaltung zu heben, aber sie gehorchten ihm nicht mehr richtig. Er wirkte wie eine Krähe mit zwei gebrochenen Flügeln, die versuchte, eine Straße zu überqueren. Dann griff einer der gebrochenen Flügel in die Jackentasche und zog etwas Schwarzes, Glänzendes hervor. Das schwarze Ding knallte zwei Mal. Das kurze, scharfe Aufflackern erhellte Georges zerschundenes Gesicht. Die Hand mit der Waffe fiel schlaff am Körper herunter. King George versuchte zu fluchen, aber alles, was er zustande brachte, war ein Stöhnen. Er wandte sich um und stolperte die Straße hinunter.

Dunkle Flecken begannen sich auf ChooChoos weißem T-Shirt auszubreiten. Er sah an sich hinunter und legte dann eine seiner großen Hände auf die Flecken. »Lebst du noch, Seth?«

»Ich glaube schon.«

»Kannst du einen Krankenwagen rufen?«

Ich zwang meine Finger in meine Tasche und zog mein Handy hervor. Ich wählte 911 und teilte dem Mann am anderen Ende der Leitung mit, dass drei Leute Hilfe benötigten.

»Erzähl ihm von der Waffe«, sagte ChooChoo, während er auf die Knie sank. »Dann beeilen sie sich mehr.«

KAPITEL 20

Wir fuhren jeder in einem eigenen Krankenwagen – Azura, ChooChoo und ich. Als ich in meinen eingeladen wurde, klapperten meine Zähne und ich zitterte unkontrolliert am ganzen Körper. Die Rettungsassistentin – eine Frau mit kantigem Gesicht und Männerhaarschnitt – deckte mich mit einer Decke zu und teilte mir mit, dass ich einen Schock hätte. »Kannst du mir sagen, was passiert ist?«, fragte sie. Meine Zähne klapperten so heftig, dass ich nicht sprechen konnte. Sie zog mein Portemonnaie aus der Hosentasche und sah auf meinen einzigen Ausweis – den Schülerausweis der Highschool, die ich seit einer Woche schwänzte. »Soll ich jemanden für dich anrufen?«, fragte sie. Ich überlegte kurz. Mom war tot. ChooChoo starb gerade. Azura lag in einem Krankenwagen zwei Autos hinter unserem. Und Miss Irene war verschwunden. Ich schüttelte den Kopf. Die Sanitäterin bedachte mich mit dem traurigsten Lächeln, das ich jemals gesehen hatte.

Am Tacoma General Hospital zog die Sanitäterin meine Bahre aus dem Krankenwagen und fuhr mich in einen Untersuchungsraum. Ein Arzt kam herein und fragte mich, was passiert war, während er mit einer Taschenlampe in meine Augen leuchtete und den Blutdruck maß. Ich wurde in einen anderen Raum gefahren, wo ein dünner, unrasierter Mann mit einer Narbe auf der Oberlippe mich röntgte. Dann wurde ich wieder in den Untersuchungsraum zurückgefahren. Irgendjemand steckte mir eine Infusionsnadel in den Arm. Ich wurde müde, dann schlief ich ein.

Ich wachte allein in einem Mehrbettzimmer auf. Mein linker Arm steckte vom Handrücken bis zum Bizeps in einem Gipsverband. Meine Rippen waren mit weißen Mullbinden eingewickelt. Ich lag nur spärlich mit einem Krankenhaushemdchen bekleidet unter einer weißen, rauen Decke. Mein Mund war trocken. Mein rechter Arm hing an einem Tropf.

Ich wollte nach einer Krankenschwester rufen und nach etwas zu trinken verlangen, aber ich wusste, dass ich sie dann nach ChooChoo fragen und sie mir mitteilen würde, dass er tot war. Also ließ ich es bleiben und leckte mir stattdessen mit der trockenen Zunge über die rissigen Lippen. Während ich auf die weißvertäfelte Decke starrte, fragte ich mich, ob Azura wohl im gleichen Krankenhaus lag und wie schwer sie verletzt war. Es war alles meine Schuld. Ich hatte sie von ihrer sicheren Seite der Stadt in mein von den Regeln der Straße bestimmtes Leben geholt, und sie hatte für meinen Egoismus bezahlt.

Ich fragte mich, wie lange ich schon hier war und wohin ich gehen sollte, wenn ich entlassen wurde. Im Boxclub würde King George mir auflauern, um sein Werk zu vollenden. Das musste er tun, wenn er die Stadt nicht für immer verlassen wollte.

Mein Kopf wurde langsam wieder klar. Ich fand die Schalter für das Bett und fuhr das Kopfteil hoch, sodass ich mich hinsetzen konnte. Eine Schwester kam herein, eine mittelgroße Frau mittleren Alters namens Janey. Mit nüchternem Gesichtsausdruck fragte sie, ob ich etwas trinken wolle. Ich nickte. Ob ich auch hungrig sei? Ich nickte erneut.

Nachdem ich ein wenig Wasser aus einem Strohhalm getrunken hatte, brachte ich genug heisere Worte zustande, um Janey nach dem Datum und der Uhrzeit zu fragen. Sie nannte mir beides. Demnach war ich erst seit einer Nacht im Krankenhaus.

»Möchtest du wissen, wie es deinen Freunden geht? Es sind doch deine Freunde, oder?« Ich nickte. »Eigentlich darf ich es dir ja gar nicht sagen. Das Mädchen – Azura? – hat eine schwere Gehirnerschütterung und ein gebrochenes Jochbein, aber sie scheint wieder auf die Beine zu kommen. Wenn du dich besser fühlst, kannst du sie besuchen.« Janey stellte den Becher mit Wasser auf ein Schränkchen neben meinem Kopf, mit dem Strohhalm in meine Richtung, und räusperte sich. »Dem Mann – Ernest Baldwin – geht es nicht so gut.«

Es dauerte einen Moment, bis mir klar wurde, dass Ernest Baldwin ChooChoos richtiger Name sein musste. Ich war noch nie auf den Gedanken gekommen, dass ChooChoo anders heißen könnte als so, wie ich ihn mein ganzes Leben lang genannt hatte.

»Aber er lebt noch?«

»Ja. Er hat eine Lungenfraktur und hat eine Menge Blut verloren. Er liegt noch auf der Intensivstation und darf keinen Besuch empfangen.«

»Ist er – ich meine – wird er – wird er durchkommen?«

»Das kann man zu diesem Zeitpunkt noch nicht sagen. Wenn du mehr wissen willst, solltest du den Arzt fragen. Tut mir leid.« Sie stemmte die Hände in die Hüften und blickte mich finster an. »Ich habe keine Ahnung, in was ihr drei da reingeraten seid. Muss echt ’ne schlimme Sache gewesen sein. Jetzt ruh dich ein bisschen aus und ich schaue mal, ob ich dir was zu essen auftreiben kann.«

Nachdem die Schwester gegangen war, stellte ich den Fernseher an, um andere Stimmen zu hören als die in meinem Kopf.

Kurz darauf kehrte Schwester Janey mit einem Tablett mit Krankenhausessen zurück. Ich aß es bis auf den letzten Bissen auf – ein mysteriöses Stück Fleisch, ein einigermaßen vernünftiges Reisgericht und Vanillepudding. Als ich gerade die Puddingschüssel auskratzte, betrat Carlyle das Zimmer.

»Ich könnte jetzt sagen, dass ich es dir ja gesagt habe, aber ich halte mich zurück.«

»Nett von Ihnen, Carlyle.«

»Was ist passiert? Und erzähl mir keinen Mist. Ich merke, wenn du mich belügst.«

»Ich weiß selbst kaum, was passiert ist. Ich war mit einem Mädchen zusammen –«

»Wem?«

»Azura Lear.«

»Und woher kennst du sie?«

»Ich habe sie getroffen, als ich eine alte Uhr für Nadel abgeholt habe. Aber sie geht auch auf meine Schule.«

»Die, die du gerade schwänzt?«

»Ja, ja, ist ja gut. Ich habe sie zu ihrem Auto begleitet, das vor dem Boxclub stand, und plötzlich hat uns dieser riesige Kerl angegriffen.«

»Hast du ihn erkannt?«

Ich hätte Carlyle sagen sollen, dass es King George war.

Aber ich tat es nicht. Erstens vertraute ich Carlyle immer noch nicht ganz, denn er war ein Cop. Zweitens ging ich davon aus, dass ich niemals herausfinden würde, was mit meiner Mom geschehen war, wenn die Cops George aufgriffen. Daher erwiderte ich: »Er hatte eine Skimaske auf. Er hat Azura gegen die Wand geschleudert und hätte mich wahrscheinlich umgebracht, wenn ChooChoo nicht aufgetaucht wäre.« Ich erzählte Carlyle, wie ChooChoo sich mit dem Typen geprügelt hatte und schließlich von ihm niedergeschossen worden war.

Nachdem ich fertig war, sagte Carlyle: »Und du bist der Meinung, dass dieser Angriff etwas mit dem Tod deiner Mom zu tun hat?«

»Auf jeden Fall. Es ist der Beweis dafür, dass Miss Irene unschuldig ist.«

Carlyle schüttelte missbilligend den Kopf, sagte, dass ich wieder zur Schule gehen sollte, und verschwand. Schwester Janey kam zurück, zog mir die Infusionsnadel aus der Vene und erlaubte mir, aufzustehen, wenn ich wollte. Ich fragte nach Azuras Zimmer und wie sich herausstellte, war es nur vier Türen von meinem entfernt. Ich erhob mich langsam und durchquerte auf wackligen Beinen das Zimmer. Ohne eine Spur von Ironie wies Janey mich darauf hin, dass ich einer Dame vielleicht nicht unbedingt mit hinten offenem Krankenhausnachthemd einen Besuch abstatten sollte. Sie reichte mir einen Bademantel, der aus dem selben rauen Material bestand wie die Bettdecke. Ich zog den Bademantel an und machte mich auf den Weg zu Azuras Zimmer. Als ich anklopfte, rief eine Männerstimme: »Herein.« Ich öffnete die Tür.

Azuras Vater sah mich an. Seine müden Augen weiteten sich kurz, dann verengten sie sich zu schmalen Schlitzen. Er stand auf und brachte sich gegen mich in Stellung wie Kobe Bryant gegen einen Boston Celtic. Er hatte eine hervorragende Abwehrhaltung. Wahrscheinlich war er in seiner Collegezeit ein ziemlich guter Basketballspieler gewesen. Ich unterdrückte ein Lächeln.

»Du wirst dieses Zimmer nicht betreten«, sagte er und spuckte die Wörter aus wie ein schlechtes Stück Fleisch.

»Schon gut.« Wenn ich er wäre, würde ich mich auch nicht dort haben wollen. Seine Tochter hätte sterben können durch meine Schuld. In diesem Augenblick wurde mir bewusst, dass er die ganze Zeit über recht gehabt hatte. Ich war nicht gut für Azura. Dass er ein paar Highschool-Schläger zu mir geschickt hatte, um mich mit einer ordentlichen Tracht Prügel abzuschrecken, war seine Art, zu beschützen, was ihm wichtig war. Vielleicht war es sogar seine Art, seine Liebe zu zeigen. »Ich wollte nur sehen, wie es ihr geht«, sagte ich.

»Das geht dich verdammt noch mal nichts an. Lass sie einfach in Ruhe.«

Ich spähte in das Zimmer hinein. Azura lag am anderen Ende des Raumes im Bett, schlafend oder bewusstlos. Ihr Kopf war bandagiert, ihre dunklen Haare quollen unter dem weißen Verband hervor. Ein Schlauch führte in ihre Nase, ein anderer in ihren Arm. Das einzige Lebenszeichen war das langsame Heben und Senken ihrer Brust. Ich sah schweigend auf ihre verwundete Gestalt, dann nickte ich und ging.

KAPITEL 21

Ein paar Stunden später wurde ich entlassen. Ich war noch immer etwas unsicher auf den Beinen, ging aber trotzdem die fünf Blocks zu Fuß, die zwischen dem Krankenhaus und ChooChoos Boxclub lagen. In der Wohnung packte ich ein paar Klamotten ein, stieg in Moms Jeep und fuhr zum *Shotgun Shack*. Ich kreiste einige Male langsam um den Block und suchte die Umgebung nach King Georges schwarzem BMX-Rad ab. Als ich es nirgendwo entdeckte, parkte ich und betrat das Restaurant.

Es war Mittagszeit und daher sehr voll, aber der einzige Gast, den ich kannte, war Stanley Chang – genau die Person, wegen der ich gekommen war. Ich setzte mich unaufgefordert zu ihm an den Tisch.

»Wie geht's, Stanley?«

»Hallo Seth. Schön, dich zu sehen, Kleiner. Was ist mit deinem Arm passiert?«

»Das habe ich King George zu verdanken. Wenn er mich findet, bringt er mich um. Ich brauche einen Ort, an dem ich eine Weile bleiben kann, Stanley, und zwar am liebsten bei dir.«

Stanley starrte mich mit offenem Mund an. Dann sagte er: »Oh. Wow. Hey, ich würde dir wirklich gern helfen, Seth, aber weißt du, in meinem Haus ist gerade der Kammerjäger.«

»Der Kammerjäger, ja klar. Ich weiß, dass Miss Irene bei dir ist. Entweder lässt du mich ebenfalls bei dir wohnen, oder ich verpfeif' euch beide an die Cops.«

Stanley sah sich nervös im Restaurant um. »Was soll das, Seth?«

»Ich versuche nur, am Leben zu bleiben. Also, was sagst du?«

Stanley legte wortlos einen Zwanzig-Dollar-Schein auf den Tisch. Dann eilten wir zur Tür hinaus, sprangen in den Jeep und Stanley sagte mir, wohin ich fahren sollte. Ich merkte, dass ich meine Kräfte wohl ein wenig überschätzt hatte – selbst die kurze Fahrt zu Stanleys Haus fiel mir schwer. Er hieß mich ein paar Blocks entfernt zu parken, dann stiegen wir aus und gingen zu einem kleinen roten Bungalow mit einem verwilderten Vorgarten, in dem ein halbes Dutzend verlassener Autos stand. Er klopfte an die Haustür, dann drehte er den Schlüssel im Schloss, steckte den Kopf zur Tür herein und rief: »Ich bin's.« Er zog mich nach drinnen und schloss schnell die Tür hinter uns.

Im Haus war es dunkel. Alle Lichter waren aus, und durch die geschlossenen Fensterläden drangen nur ein paar horizontale Streifen Tageslicht. Eine Schwingtür öffnete sich, die zur Küche führen musste, denn dahinter glomm gelbes Licht und es roch verführerisch nach Essen.

Miss Irene trat aus dem Licht zu mir in die Dunkelheit.

KAPITEL 22

»Seth? Bist du das wirklich?« Miss Irene stürzte auf mich zu und schloss mich in ihre Arme. Ich stöhnte auf. Sie ließ los und sah mich an. »Du bist verletzt, Stromer. Was ist passiert?«

»King George ist passiert, Miss Eye.« Miss Irene kniff ein Auge zusammen und betrachtete mich kritisch mit dem anderen, dann wandte sie den Blick Stanley zu.

»Ich weiß von nichts«, sagte Stanley. »Seth hat gesagt, dass er zu den Cops geht, wenn ich ihn nicht hierher bringe.«

»Stimmt das, Seth?«

»Ja. Zwei Dinge, Miss Eye: Erstens, ich brauche einen Ort, an dem ich mich vor King George verstecken kann. Er hat versucht, mich umzubringen, und bei ChooChoo wäre es ihm beinahe gelungen.«

»Oh Gott.«

»Und zweitens müssen Sie mir sagen, was zum Teufel Sie mit dem Mord an meiner Mutter zu tun haben.«

»Also *war* es Mord?«

»Wussten Sie das nicht?«

»Ich war mir nicht sicher.«

»Eine merkwürdige Aussage für die Hauptverdächtige.«

»Ich habe deine Mutter geliebt wie meine eigene Schwester, Seth. Das weißt du doch. Deswegen musste ich auch unbedingt zur Beerdigung kommen. Ich hätte niemals etwas getan, was deiner Mutter geschadet hätte.«

»Warum sind Sie dann weggelaufen?«

»Ich bin nicht stolz darauf. Aber es hatte nichts mit deiner Mom zu tun, sondern mit mir – mit meiner Vergangenheit. Stanley, hol Seth einen Eistee. Willst du auch ein Sandwich oder irgendwas? Die Geschichte dauert 'ne Weile.«

Ich folgte Miss Irene in die Küche und ließ mich auf einen wackeligen Stuhl fallen. Sie holte einen Laib Brot hervor, Schinken, Salat, ein Stück Cheddarkäse und zwei Gläser mit Mayonnaise und Senf. Während sie das Sandwich zubereitete, erzählte sie mir über ihre Kindheit in Spokane und ein Mädchen namens Eve, das auf der anderen Straßenseite gewohnt hatte.

»Sie war zehn Jahre jünger als ich, aber trotzdem waren wir befreundet. So in der Art große Schwester – kleine Schwester. Ich brachte ihr bei, sich die Haare zu frisieren und sich zu schminken, ohne es zu übertreiben. Sie *liebte* es, sich hübsch zu machen. Und sie war wirklich ein hübsches Ding, auch später noch. Aber als Teenager – einfach zum Niederknien. Sie war zuckersüß. Die Jungs flippten vollkommen aus in ihrer Gegenwart.« Miss Irene schnitt das Sandwich diagonal durch und legte es auf einen braunen Porzellanteller, den sie vor mich hinstellte. Dann wischte sie mit einem feuchten Tuch den Senf von ihrem Messer.

»Als ich älter wurde, ging ich aufs Community College. Hab mir als Frittenköchin in verschiedenen Pommesbuden in Spokane das Geld für meine Studienzeit verdient. Nach ein paar Abendkursen in Buchhaltung habe ich einen Job bei einer großen Immobilienfirma bekommen und mir geschworen, dass ich nie wieder in einem Restaurant arbeiten würde. Forderungen und Verbindlichkeiten, hübsches Büro und weit und breit keine Fritteuse, aber die Bezahlung war trotzdem lausig. Mit Ende zwanzig arbeitete ich noch immer dort und wohnte nach wie vor bei meiner Mutter, weil ich mir keine eigene Wohnung leisten konnte.« Sie hielt inne und sah mich scharf an. »Isst du das Sandwich jetzt oder nicht? Wenn ja, dann mache ich mir auch eins, wenn nicht, dann esse ich deins.«

Ich nahm einen Bissen von dem Sandwich. Es schmeckte hervorragend. Einfaches Essen gut zubereitet, das war Miss Irenes Spezialität.

Sie fuhr fort: »Etwa zur selben Zeit lief deine Mutter von zu Hause fort. Ihre Mutter – deine Großmutter – kam ein paar Tage später zu uns und fragte, ob ich etwas von Eve gehört hätte. Ich log und sagte Nein, obwohl sie mich bereits zwei oder drei Mal aus Tacoma angerufen hatte. Sie war mit einem Jungen zusammen – einem Collegestudenten, der den Sommer über in Spokane gejobbt hatte. Als er am Ende der Semesterferien zurück ans College nach Tacoma ging, folgte sie ihm und wohnte bei ihm in der Wohnung. Vielleicht hätte ich es ihren Eltern sagen sollen, aber Eve schien glücklich zu sein und ich ging davon aus, dass sie von ganz allein wieder zurückkommen würde. Doch das tat sie nicht. Irgendwann rief sie schließlich ihre Eltern an und teilte ihnen mit, dass sie in Tacoma bleiben würde.

Ganz ehrlich – ich war eifersüchtig auf deine Mom. Sie hatte sich unabhängig gemacht, noch während der Highschool. Das war vielleicht nicht unbedingt besonders schlau, aber auf jeden Fall ziemlich mutig. Ich hingegen war siebenundzwanzig und schlief immer noch jede Nacht in meinem alten Kinderzimmer. Vielleicht war das mit ein Grund für das, was ich dann tat.«

Miss Irene schwieg kurz und starrte ins Leere. Ich betrachtete ihr Gesicht. Ihre braune Haut war sauber und weich. Zwischen ihren kurzen schwarzen Haaren leuchteten ein paar graue Strähnen und in ihren braunen Augen lag ein trauriger Ausdruck.

»Zu dieser Zeit boomte in Spokane die Immobilienbranche und die Firma, in der ich arbeitete, scheffelte Unmengen an Geld. Wir ersteigerten günstige Häuser und verkauften sie dann wieder für das Doppelte. Trotzdem bezahlte mir der Eigentümer, John J. Jarvis, weiterhin einen Hungerlohn. Doch eines Tages wurde er plötzlich ungeheuer freundlich zu mir. Umarmte mich. Stand am Schreibtisch hinter mir und legte mir die Hand auf die Schulter. Er machte Andeutungen, dass er mir mehr zahlen würde, wenn ich – du weißt schon – seine Freundin sein würde, so in etwa. Es hätte wirklich nett sein können, wäre er nicht verheiratet gewesen. Frau, Kinder, das ganze Programm.

Ich war dumm. Ich hatte wirklich angenommen, dass er mich liebte. Dabei war er bloß ein Macho, der keine Gelegenheit ausließ. Ich war ihm mit Haut und Haaren verfallen, zumindest eine Zeit lang. Bis ich schwanger wurde. Glaub mir, das war alles andere als Absicht von mir gewesen, trotzdem nahm ich an, dass es die Dinge ändern würde. Stattdessen flippte er völlig aus. Er bot mir an, mich auszuzahlen. Zweitausend Dollar, wenn ich die Stadt verließ und niemandem etwas von dem Kind erzählte. Zweitausend! Ich war so traurig und wütend und so verdammt dumm, weil ich tatsächlich angenommen hatte, dass aus uns ein richtiges Paar werden würde. Ich wäre beinahe zu seinem Haus gefahren und hätte seiner Frau alles erzählt. Doch dann starb das Baby – mein kleiner Junge. Er kam tot zur Welt. Ich habe ihn niemals schreien hören.«

Miss Eye sah mich an und lächelte. Manchmal lächeln die Menschen zum ungewöhnlichsten Zeitpunkt. Sie wischte sich eine Träne von der Wange und trocknete den Finger am Saum ihres Kleides ab.

»Ich erzählte John, was geschehen war. Ich trauerte furchtbar um mein Baby, aber er war einfach nur erleichtert. Er freute sich richtig darüber, wie viel Glück wir gehabt hatten und dass nun alles wieder so werden würde wie zuvor. Das war zu viel für mich. Am nächsten Tag eröffnete ich ein separates Bankkonto für seine Firma, allerdings mit meinem Namen als Auszahlungsberechtigte. Dann buchte ich alles verfügbare Geld vom Geschäftskonto von Mr John J. Jarvis – fast neunzigtausend Dollar – auf das neue Konto, das auf meinen Namen lief.

Das war an einem Montag. Am Freitag hob ich das ganze Geld in bar ab. Manchmal benötigten wir Bargeld bei Versteigerungen, deswegen wurden die Bankangestellten nicht misstrauisch. Dann packte ich eine kleine Tasche mit Sachen und erzählte meiner Mutter, dass ich das Wochenende bei einer Freundin verbringen würde. Ich stieg in mein Auto und verließ die Stadt, bevor John mich in die Finger bekam. Oder die Polizei. Seitdem habe ich nur noch wenige Male mit meiner Mutter gesprochen, aus Angst, erwischt zu werden. Das war der Preis, den ich zahlen musste.

Ich fuhr auf direktem Wege nach Tacoma. Eve war einer der wenigen Menschen, die ich außerhalb von Spokane kannte, und sie hatte mir in den letzten Jahren immer wieder erzählt, wie gut es ihr hier gefiel. Also ging ich zu ihr, ich ohne Baby, sie mit dir. Als Erstes schnitt Eve mir die Kurzhaarfrisur, die ich bis heute trage. Ich hatte immer wundervolle lange Haare gehabt, trotzdem ließ ich sie nie wieder wachsen. Deine Mom kannte ein paar zwielichtige Kerle, die mir einen gefälschten Ausweis besorgten, mit dem ich eine Wohnung mieten konnte. Der Name auf diesem Ausweis war Irene Dunlop. Ich hatte mir den Namen nicht aussuchen können, aber er gefiel mir irgendwie.«

»Und wie hießen Sie vorher?«

»Wanda Knight.« Miss Eye starrte wieder für eine Weile ins Leere, dann wiederholte sie: »Wanda Knight. Ich habe diesen Namen mindestens zehn Jahre lang nicht mehr laut ausgesprochen. Es war ein schöner Name. Als kleines Mädchen stellte ich mir immer vor, dass ich mal eine berühmte Sängerin werden würde. Wenn ich kleine Gesangseinlagen für meine Mutter aufführte, kündigte sie mich immer an als ›Die wundervolle Wanda Knight‹. Tja, und dann habe ich einen Job als Köchin im *Shotgun Shack* angenommen, bei der vorherigen Besitzerin, Edna Jenkins. Damals war es ein ziemlich lausiges kleines Restaurant.«

»Warum haben Sie überhaupt gearbeitet, wenn Sie doch so viel Geld hatten?«

»Es war mir unheimlich. Ich wollte es lieber eine Weile unangetastet lassen. Als ich im *Shotgun Shack* anfing, waren das Essen, der Speiseraum und die Bedienung eine Katastrophe. Aber ich konnte dort hervorragend untertauchen. In meinen Pausen ging ich zur Bibliothek und las die Tageszeitung, um zu sehen, ob es irgendwelche Berichte über mich gab. Soweit ich es beurteilen konnte, wurde die Sache nie erwähnt, doch als ich ein paar Monate später zu Hause anrief, erzählte meine Mutter, dass die Polizei bei ihr gewesen war und nach mir gefragt hatte.«

»Wollten sie Sie verhaften?«

»Das wusste meine Mutter nicht. Wie auch immer, das Restaurant warf damals kaum genug ab, damit Edna Mehl und Zucker kaufen konnte. Als wir eines Abends zusammen zuschlossen, erzählte sie mir, dass sie das *Shotgun Shack* wohl über kurz oder lang schließen würde. Aus einer Laune heraus fragte ich sie, wie viel sie für den Laden haben wollte. Sie verkaufte mir alles inklusive Schild und Equipment für fünfzehntausend Dollar, plus die siebzehntausend, die sie noch abzahlen musste. Ich bezahlte ihr zweiunddreißigtausend Dollar in Zwanzigern und sie zuckte nicht einmal mit der Wimper. Mein Name wurde als neue Eigentümerin eingetragen und seitdem führe ich den Laden als Irene Dunlop. Die Einzige in ganz Tacoma, die die Wahrheit kannte, war deine Mom.«

Ich fragte mich, ob Mom so wütend auf Miss Irene gewesen war, dass sie gedroht hatte, alles auffliegen zu lassen. Und ich fragte mich, ob dieses Geheimnis für Miss Irene so wichtig war, dass sie meine Mom umgebracht hätte, um es zu bewahren. Meine Gedanken mussten mir ins Gesicht geschrieben stehen, denn Miss Irene sagte: »Ich habe deine Mom nicht umgebracht, Stromer. Ich habe sie geliebt. Sie war eine der wenigen Menschen, die mir etwas bedeuteten. Sie und du. Und dieser Dummkopf von Checker.«

»Warum sind Sie dann weggelaufen?«

»Weil mich dieser Cop angerufen hat. Er hat Fragen gestellt. Und ich wusste, wenn er die richtigen Fragen stellt, würde er mich mit Spokane in Verbindung bringen und dem Verbrechen, das ich begangen habe. Ich würde ins Gefängnis gehen. Ich würde das Restaurant verlieren, mein ganzes Leben. Alles.«

»Warum haben Sie das Geld nicht einfach zurückgegeben?«

»Weil es mir zustand. Es war meins. Dieser Mann wird von mir keinen einzigen Cent bekommen, Seth. Aber ich habe es auf meine Art zurückgezahlt.« Sie sah mich merkwürdig an, als sollte mir etwas klar werden, aber ich verstand nicht, was sie meinte.

»Und wie geht es jetzt weiter? Verkriechen Sie sich bis ans Lebensende hier und lassen Checker das Restaurant in den Ruin treiben?«

»Dieser vermaledeite Mistkerl? Wenn er es wagt, mein Restaurant zu ruinieren, dann mach ich ihn fertig.«

Ich lachte. »Er hält sich wacker. Die Brötchen sind nicht so gut wie sonst, aber er hat zwei ziemlich hübsche Mädchen eingestellt, die ihm beim Bedienen helfen.«

»Er hat *was?* Davon hat Stanley gar nichts erzählt.«

»Immerhin hält er das Restaurant am Laufen.«

»Ja, und zieht mir dabei das Geld aus der Tasche.« Ich warf ihr einen fragenden Blick zu, woraufhin sie die Augen verdrehte. »Du denkst jetzt wahrscheinlich, dass ich die Letzte bin, die sich darüber beschweren sollte, hm?«

Ich zuckte mit den Schultern.

Mit einem traurigen Lächeln fuhr Miss Irene fort: »Checker ist schon in Ordnung, Seth. Er kommt zurecht. Zumindest hoffe ich das. Ansonsten habe ich nicht wirklich einen Plan. Ich muss abwarten, bis die Cops die Sache aufgeklärt haben. Das Einzige, was ich weiß, ist, dass ich es nicht getan habe.«

»Die Cops lassen sich verdammt viel Zeit. Wie lange wollen Sie denn warten?«

Miss Eye sagte nichts, aber in ihren glänzenden braunen Augen sammelten sich Tränen.

»Eine Sache verstehe ich noch nicht. Warum haben Sie sich geweigert, für Moms Zahn zu zahlen?«

Miss Irene spielte mit ein paar Sandwich-Krümeln. Sie sprach, ohne vom Tisch aufzusehen. »Ich habe gezahlt. Elfhundert Dollar aus meiner eigenen Tasche. Eve hatte darum gebeten, es in bar zu bekommen, und das habe ich ihr auch gegeben. Wahrscheinlich war das ein Fehler. Ich habe keine Ahnung, wohin das Geld verschwunden ist, Seth, aber ich habe es ihr noch im gleichen Monat gegeben, in dem der Zahn abgebrochen war. Nach ein paar Monaten behauptete sie plötzlich, dass sie das Geld nie bekommen hätte. Wir haben uns eine Weile darum gestritten, dann dachte ich: Was soll's. Dann zahle ich halt noch mal. Also lenkte ich ein und sagte, sie müsse nur zum Zahnarzt gehen und mir die Rechnung schicken. Aber sie wollte das Geld wieder in bar. Ich lehnte ab, woraufhin sie behauptete, dass ich ihr nicht vertraute. Und das stimmte auch. Ich liebte sie, aber ich vertraute ihr nicht.«

»Ging mir genauso.«

»Ich sagte ihr auf den Kopf zu, dass sie das Geld für den Zahn dazu nehmen würde, um high zu werden. Und darum haben wir uns an diesem letzten Abend gestritten.«

Als sie aufsah, wandte ich den Blick ab. Mit einem Mal wurde mir wieder bewusst, wie müde ich war. Die Wirkung meiner Schmerzmittel ließ langsam nach, und ich sehnte mich nach einer neuen Dosis und einer Portion Schlaf. Miss Irene führte mich in ein Gästezimmer, wo sie zuerst ein halbes Dutzend Kartons von einem ungemachten Bett räumen musste. Sie bot mir an, es frisch zu beziehen, aber so lange wollte ich nicht warten. Sie legte ein Laken auf die nackte Matratze, und ich warf mich darauf. Noch während Miss Irene mich mit einem weiteren Laken zudeckte, schlief ich ein.

KAPITEL 23

Ich schlief bis zum darauffolgenden Nachmittag. Ich ging in die Küche, kochte Kaffee und rief dann im Krankenhaus an, um mich nach Azura und ChooChoo zu erkundigen. Die Stationsschwester weigerte sich, mir Auskunft zu geben, da ich mit keinem der beiden verwandt war, also beschloss ich, die beiden zu besuchen, auch wenn Miss Irene versuchte, mir die Idee auszureden.

Stanley gab mir die Schlüssel für einen noch halbwegs intakten Pick-up aus seinem Vorgarten. Die vordere Stoßstange wurde mit einem Elektrokabel an Ort und Stelle gehalten und die einzige Tür, die sich öffnen ließ, war die Fahrertür, aber immerhin sprang er sofort an. Das Radio funktionierte nicht, also herrschte Stille während der Fahrt. Ich parkte im Parkhaus des Krankenhauses, um auf der Straße nicht gesehen zu werden, und trat durch eine verglaste Fußgängerbrücke in die Lobby. Als Erstes ging ich zu ChooChoo. Der Pförtner teilte mir mit, dass Ernest Baldwin inzwischen auf die Station verlegt worden war, und nannte mir die Zimmernummer. Er war wach, was ich an einem halb geöffneten Auge erkennen konnte. Ihm steckten Schläuche in Nase und Arm, ein weiterer Schlauch war an seine Brust gebunden, aber seine Lippen zuckten in Richtung eines Lächelns, als er mich sah. »Hey mein Junge«, flüsterte er. »Schön zu wissen, dass du noch am Leben bist. Als ich dich das letzte Mal gesehen hab, lagst du wie ein Häuflein Elend auf'm Bürgersteig.«

»Das Gleiche gilt für dich«, erwiderte ich. »Wie geht's dir?«

»Es brauch' mehr als 'nen kleinen Schläger wie King George, um mich alten Mann umzubringen.«

»Sehr gut. Wie lange behalten sie dich hier?«

»Anscheinend noch 'ne ganze Weile. Meine Lungen müssen sich noch 'n bisschen erholen.« ChooChoo hustete schwach, dann sagte er: »Wenn ich hier rauskomm, werd ich als Erstes mit dir boxen. Also komm besser schnell wieder auf die Beine, denn du schuldest mir 'ne Gelegenheit, dir den Arsch zu versohlen.«

Das war ein echter Liebesbeweis von ChooChoo. Auf diese Weise ließ er mich wissen, dass er mich liebte wie einen Sohn.

»Versuch's ruhig, alter Mann. Aber an deiner Stelle wäre ich vorsichtig. Diesmal könntest du derjenige sein, der Prügel bezieht, schließlich habe ich eine Lunge mehr als du.«

»Genau. Du hast 'ne Lunge mehr und ich 'nen Arm.«

»Hey Chooch, warum bist du eigentlich so spät noch zum Club gekommen?«

»Kaffee.«

»Häh?«

»Ich konnte nich' schlafen. Hab an deine Mom gedacht. Dann an dich. Dann hatte ich Lust auf eine Tasse Kaffee. Ich musste einfach eine haben. Also bin ich zum Club gefahren, um nachzusehen, ob noch was da war. Sieht ganz so aus, als hätte dein Kaffee dir das Leben gerettet. Warum hältst du dich nich' raus aus dem ganzen Scheiß? Lass doch die Polizei die Sache regeln. Vielleicht haben sie ja recht mit Miss Eye.«

»Haben sie nicht. Ich hab mit ihr geredet. Jetzt muss ich es nur noch beweisen. Und daran bist du schuld.«

»Verstehe ich nich'.«

»Du hast mir gesagt, dass ich eine Familie brauche. Du hast gesagt, wenn ich keine Familie finde, schmeißt du mich raus. Und außer dir ist Miss Eye die Einzige, die so etwas wie eine Familie für mich ist.«

ChooChoo nickte, als hätte ich gerade das Offensichtlichste der Welt gesagt. Ich fragte: »Darfst du schon richtig essen?«

»Wenn man das Essen hier als richtig bezeichnen will, ja. Vielleicht kannst du mir beim nächsten Mal einen *Frisko Freeze* Burger und einen Butterscotch Shake mitbringen?«

»Na klar. Wir schmieren dich mit ein bisschen *Frisko Freeze* Fett und dann bist du im Nu wieder der Alte.«

Er nickte. »Ich hab nachgedacht, während ich hier gelegen hab, und es gibt noch was, das du für mich tun musst.« Er hustete. Dann fuhr er fort: »Auf meinem Schreibtisch steht ein Foto von deiner Mom und mir. Innen hinter dem Foto ist ein Schlüssel für die oberste Schreibtischschublade. Mach sie auf. Darin findest du ein paar Umschläge. Bring sie zu mir und dann unterhalten wir uns. Über deine Mom.«

Ich überließ ihn wieder den Krankenschwestern. Aber allein ChooChoos Stimme zu hören – selbst wenn sie nur aus einem Flüstern bestand –, ließ mich innerlich aufatmen. Ich füllte meine Lungen noch einmal mit diesem guten Gefühl, dann ging ich den Flur hinunter zu Azuras Zimmer, wobei ich sorgsam Ausschau hielt nach ihrem Vater oder einem seiner Wachhunde.

Ich öffnete die Tür und spähte ins Zimmer. Erik Jorgenson saß neben Azuras Bett. Ich erwartete, dass er mich verjagen würde, aber er starrte mich nur an und nickte schließlich. Ich näherte mich.

»Bist du die Wache?«, fragte ich.

»So etwas in der Art.« Wir schwiegen für eine Weile, dann sagte Erik: »Was willst du?«

»Sehen, wie es ihr geht.«

»Sie wird es überleben. Sie kann heute noch nach Hause. Erstaunlich, dass dich das interessiert.«

»Im Ernst? Glaubst du, es interessiert mich nicht, wie es ihr geht?«

»Wenn ja, warum lässt du dann zu, dass ihr so etwas zustößt?«

Vielleicht hatte Erik recht. Ich musste darüber nachdenken, aber mein Gehirn arbeitete nach der Schlägerei noch immer etwas träge. Ich musterte Erik und fragte mich, ob er das war, was Azura brauchte. Seine Frisur war akkurat, seine Haut makellos und man sah ihm an, dass er auf seine Ernährung achtete. Er trug einen Adidas-Trainingsanzug, dessen Reißverschluss offen stand, sodass ich darunter ein Patagonia-T-Shirt und eine dicke Goldkette erkennen konnte. Seine Schuhe waren LeBrons, fast die gleichen wie meine, aber das war auch das Einzige, was wir gemeinsam hatten. Seine Kleidung und sein Äußeres zeugten von Geld, aber mehr noch zeugten sie von Sicherheit. Ich fragte mich, wie viel diese Sicherheit wohl wert war. Mehr als Liebe?

Ich überlegte, was ich für Argumente pro Seth vorbringen konnte. Azura war zu mir gekommen. Ich hatte sie in keinster Weise ermuntert, oder? Und Mädchen und Jungs, egal aus welchem Viertel, hatten schließlich das Recht, zu lieben, wen immer sie wollten.

»Ich gehe jetzt«, sagte ich, »wenn du eine Sache für mich machst.«

»Du stellst Forderungen? Ist das dein Ernst?«

»Es ist nur eine Kleinigkeit, und du wirst mich dadurch los.«

»Was ist es?«

»Sag ihr, dass ich da war.«

»Wenn ich jetzt zustimme, woher willst du dann wissen, dass ich es auch wirklich mache?«

»Ich werde dir wohl vertrauen müssen.«

Erik grinste blöd und schüttelte dann den Kopf. »Du bleibst«, sagte er, »ich gehe.«

Nun war es an mir, blöd zu grinsen.

»Ernsthaft, ich will nicht da sein, wenn sie aufwacht, denn wenn sie aufwacht, fragt sie immer als Erstes nach dir. Ich finde das unerträglich.«

Während ich zusah, wie Erik aufstand und das Zimmer verließ, fragte ich mich, ob er wohl ein besserer Mensch war als ich. Als er gegangen war, setzte ich mich auf den Stuhl neben Azuras Bett.

Zehn Minuten später öffnete sie die Augen. Wieder fiel mir auf, wie groß und tiefgründig sie waren. Sie sah mich und sagte: »Hey.«

»Selber hey. Wie fühlst du dich?«

»Müde. Glücklich, dass du da bist. Wo warst du die ganze Zeit?«

»Ebenfalls in einem Krankenhausbett. Und Daddy war nicht allzu scharf darauf, mich zu dir zu lassen.«

»Du hast mich besucht?«

»Jep.«

»Wie oft?«

»Einmal. Und jetzt.«

»Oh.«

»Erik war hier. Ich bin mir ziemlich sicher, dass er die Aufgabe hatte, mich zu verjagen, aber er hat mich mit dir allein gelassen. Der Idiot.«

»Warum ist er ein Idiot?«

»Darum.« Dann hielt ich inne. Ich wollte etwas Witziges sagen, so etwas wie dass man mir in Gegenwart eines schönen Mädchens nicht trauen durfte, und dann hätte ich sie geküsst. Doch stattdessen schloss ich die Augen und versuchte, mir ein Leben ohne sie vorzustellen. Es gelang mir, auch wenn der Gedanke daran schrecklich wehtat. »Azura, ich gebe mir wirklich Mühe, diese ganze Sache zu kapieren. Mit deinem Dad und deinem Freund und so weiter.«

»Erik ist nicht mein Freund. Er glaubt nur, dass ich ihm gehöre.«

»Ja. Aber er glaubt auch, dass er dich liebt. Immerhin hat er die ganze Zeit neben deinem Bett gesessen.«

»Wahrscheinlich hat mein Vater ihn dafür bezahlt.«

»Er sieht nicht so aus, als bräuchte er Geld. Und falls dein Dad ihn bezahlt hat, dann nur deswegen, weil er dich beschützen will –«

»Mein Dad –«

»– und so wie es aussieht, kannst du diesen Schutz auch gut gebrauchen.«

»Ich hoffe, das ist nicht deine Art, mir Gute Besserung zu wünschen, denn ich fühle mich kein bisschen besser.«

»Pass auf. Mein Leben ist gerade das reinste Chaos. Ich muss das erst wieder auf die Reihe kriegen. Aber ich schaff das. Und dann komme ich zu dir zurück. Das verspreche ich. Bis dahin werde ich für eine Weile verschwinden. Bitte versuch nicht, mich zu finden. Ich könnte es nicht ertragen, wenn dir noch einmal etwas zustößt.«

Sie sagte etwas, von wegen dass ich sie einfach fallen ließ, aber ich blieb nicht, um es mir anzuhören, sondern trat hinaus auf den Flur. Erik stand wartend vor der Tür, wie ich es gehofft hatte. Wir wechselten weder freundliche Blicke noch warme Worte des Abschieds.

KAPITEL 24

Ich saß in Stanleys altem Pick-up, der noch immer im Parkhaus des Krankenhauses stand, und wählte die Nummer vom *Shotgun Shack*. Nach dem zwanzigsten Klingeln nahm endlich jemand ab. Ich hörte Checker Cab aus dem Hintergrund rufen: »Muss ich jetzt auch noch selbst an das verdammte Telefon gehen? Bin ich hier der Einzige, der arbeitet?« Eine junge Frauenstimme sagte säuerlich: »*Shotgun Shack*. Shantay am Apparat. Was kann ich für Sie tun?« Es klang, als würde Shantay eher sterben, als irgendetwas für mich tun zu wollen.

»Ich möchte mit Checker sprechen«, sagte ich.

»Da sind Sie der Einzige.«

Ich musste ein paar Minuten warten, bis Checker endlich ans Telefon kam. »Wer immer Sie sind, Sie haben dreißig Sekunden.«

»Checker, ich bin's, Seth. Ich mach's kurz.«

»Gut, denn es ist brechend voll und *so wie es aussieht, bin ich hier der Einzige, der arbeitet.*« Er schrie den letzten Teil des Satzes in den Raum.

»War King George in der letzten Zeit da?«

»Er ist gerade gegangen. Er hat nach dir gefragt, aber nichts gegessen.«

»Was hast du ihm gesagt?«

»Die Wahrheit. Dass ich dich seit Tagen weder gesehen noch was von dir gehört habe. Wo bist du, Junge?«

Das würde ich Checker garantiert nicht auf die Nase binden. Er hatte wahrscheinlich gar nicht vor, es weiterzuerzählen, aber ein paar Hundert-Dollar-Scheine oder eine geballte Faust von King George würden ihn mit Sicherheit zum Reden bringen. »Hat George gesagt, wo er hinwollte?«

»Nein. Er ist mit dem Fahrrad Richtung Sixth Avenue gefahren. Aber ich bin keine Partnervermittlung. Wenn du mich das nächste Mal während des Hochbetriebs anrufst, dann solltest du entweder eine Bestellung aufgeben, mir Geld anbieten oder wissen, wann Miss Irene zurückkommt.«

»Du willst, dass sie zurückkommt?«

»O ja, bitte. Ich hab langsam die Schnauze voll von dem Laden.«

»Was ist mit deinem Business-Plan? Shantay und Rachelle?«

»Ach verdammt, du weißt doch, wie es ist. Je besser sie aussehen, desto weniger wollen sie arbeiten. Bring mir Miss Eye zurück.«

»Ich tu mein bestes, Checker. Aber Miss Eye scheint immer noch wie vom Erdboden verschluckt zu sein.«

»Dann bin ich am Arsch.«

Mein gebrochener Arm juckte. Ich steckte einen Finger so weit wie möglich in den Verband, kam aber nicht an die juckende Stelle heran. »Pass auf, Checker. Vielleicht könnte ich Miss Irene tatsächlich zurückbringen. Andererseits bin ich nicht sonderlich scharf darauf, dir zu helfen, weil ich dir unter Umständen dreihundert Dollar schulde, wegen dem Gift.«

»Du meinst, weil ich dir gesagt habe, wo ich es gefunden habe? Was wäre, wenn du mir nicht die volle Summe zahlen müsstest?«

»Über wie viel Rabatt reden wir?«

»Hundert Dollar?«

»Checker Cab«, erwiderte ich, »für hundert Dollar steh ich nicht mal auf.«

Am anderen Ende der Leitung blieb es still. Dann sagte Checker: »Bring sie zurück, Seth. Bring sie zurück und wir vergessen die ganze Sache.«

Ich fuhr Stanleys alten Pick-up am *Shotgun Shack* vorbei Richtung Sixth Avenue und hielt Ausschau nach King George. Auch wenn ich noch nicht den blassesten Schimmer hatte, was ich tun sollte, wenn ich ihn fand.

Dann entdeckte ich sein Fahrrad. Oder besser, sein Fahrrad entdeckte mich. George kam aus einer Einfahrt geschossen und entging dabei nur knapp dem Kotflügel des Pick-ups. Er hatte mich nicht erkannt, denn er starrte stur geradeaus und schlängelte sich rasch durch den dichten Verkehr. Ich wollte ihm folgen, doch dann fiel mir auf, dass die Einfahrt zu Nadels Uhrenladen gehörte. Ich fuhr rechts ran und parkte hinter Nadels babyblauem, vierzig Jahre altem Cadillac El Dorado, der immer noch aussah wie neu.

Die Lichter in Nadels Laden brannten, aber das *Geschlossen*-Schild hing in der Tür. Ich klopfte. Nichts rührte sich. Ich ging durch eine schmale Gasse zum Hintereingang und klopfte an die Werkstatttür. Immer noch nichts. Ich zog Moms Schlüsselbund aus der Tasche und probierte herum, bis sich einer der Schlüssel im Schloss drehte. Ich trat ein.

Eine kleine Sprungfeder knirschte unter meinem Schuh. Der Boden der sonst so makellos sauberen Werkstatt war übersät mit Federn und Zahnrädern, als wäre eine Uhr mitten in der Luft explodiert. Zwischen all den losen Teilen lag Nadel. Sein Kopf war in einem seltsamen Winkel geknickt und die Augen starrten ins Leere. Er war tot.

Der Laden war einmal auf den Kopf gestellt worden. Schubladen waren herausgezogen, Regale leer geräumt und deren Inhalt lag auf Arbeitsplatte und Boden verstreut.

Ich beschloss, dass es an der Zeit war, Carlyle anzurufen. Ich tippte seine Nummer in mein Handy, doch als ich gerade auf den grünen Hörer drücken wollte, fiel mein Blick auf zwei Bücher neben Nadel auf dem Boden. Ich hatte die Bücher vor Kurzem schon einmal bei ihm gesehen. Ich hob sie auf und brachte sie in Stanleys Auto. Als ich in die Werkstatt zurückkehrte, fiel mir noch etwas ein, das ich nachsehen wollte, bevor die Polizei hier eintraf.

Ich trug Nadels Tritthocker zur Werkbank, kletterte darauf und öffnete den Schrank darüber. Normalerweise enthielt das oberste Fach eine geordnete Reihe mit Dosen und Flaschen, in denen sich die Chemikalien befanden, die Nadel für die Gold- und Silberlegierungen alter Uhren benötigte. Doch jetzt herrschte in dem Schrank das reinste Chaos. Ich studierte den Inhalt genau, dann kletterte ich wieder vom Hocker, ging zur Hintertür hinaus und rief Carlyle an.

Fünf Minuten später tauchte er bereits vor dem Laden auf, zusammen mit einem Krankenwagen und einem halben Dutzend uniformierter Polizisten. Benötigt man die schnelle Hilfe der Polizei, braucht man offenbar nichts weiter als eine Leiche.

Als Carlyle mich sah, grunzte er etwas Unverständliches und ging zur Eingangstür. Sie war verschlossen. »Wie bist du hier reingekommen?«

»Die Hintertür stand offen«, log ich.

»Warte hier auf mich.« Carlyle trat in die schmale Gasse, gefolgt von dem kleinen Schwarm aus Polizisten. Die Cops direkt hinter ihm hatten ihre Waffen gezogen.

Zehn Minuten später kehrte er zurück. Er sah noch müder aus als sonst. »Ich nehme an, du glaubst, dass das hier mit deiner Mom zu tun hat.«

»Stimmt. Der Typ, der das hier getan hat, ist derselbe, der beinahe Azura, ChooChoo und mich auf dem Gewissen gehabt hätte. Ich habe gesehen, wie er abgehauen ist, und habe dann sofort angerufen.«

»Und dieser jemand ist King George?«

»Woher wissen Sie das?«

»Dein Freund ChooChoo hat uns den Namen genannt. Sein richtiger Name ist George Carson. Hatte früher einen großen Geländewagen, aber inzwischen gurkt er auf 'nem Kinderfahrrad durch die Gegend. Woher kennst du ihn?«

»Ich kenn ihn schon mein halbes Leben. Wir sind auf die gleiche Schule gegangen – zumindest in der Zeit, in der er nicht im Gefängnis gesessen hat. Außerdem hängt er ständig im *Shotgun Shack* rum und terrorisiert die Gäste.«

»Warum hat er versucht, dich umzubringen?«

»Weil ich wegen Moms Tod herumgeschnüffelt habe.«

»Wenn du wusstest, dass er der Angreifer war, warum hast du es mir dann nicht gesagt?«

Ich zuckte mit den Schultern.

»Und jetzt ist ein weiterer unschuldiger Mann tot.«

»Vielleicht war er ja gar nicht unschuldig.«

»Wie meinst du das?«

»Ich glaube, dass Nadel meine Mom getötet hat.«

»Und wie kommst du darauf?«

»Zum einen haben Nadel und King George einen Tag nach Moms Tod zusammen im *Shotgun Shack* gegessen.«

»Na und?«

»Nadel ist Vegetarier. Selbst das Maisbrot im *Shotgun Shack* wird mit Schweineschmalz gebacken. Und die einzigen Leute, die mit King George an einem Tisch sitzen, sind andere Schlägertypen und Mädchen, die dumm genug sind zu glauben, dass George ihnen etwas von seinem Geld abgibt.«

»Du glaubst allen Ernstes, dass Nadel zuerst deine Mom umbringt und dann zu deinem Lieblingsrestaurant geht, um nach Schutz zu suchen? Ist er wirklich so dumm?«

»Das *Shotgun Shack* ist so was wie King Georges Büro. Wenn man was von George will, geht man ins Shack. Und vielleicht wusste Nadel gar nicht, dass ich öfter dort bin.«

»Meinst du wirklich?«

»Nadel hat sich nur für Uhren und Geld interessiert.«

»Worüber haben sich Nadel und George unterhalten?«

»Woher soll ich das wissen? Aber ich wette, dass es mit meiner Mom zu tun hatte.«

»Ich wusste, dass du das sagen würdest.«

»Azura und ich sind zu Nadel gegangen, um eine Uhr abzuholen. Er schien richtig nervös zu werden, als er mich gesehen hat. Und als er glaubte, dass Azura und ich gegangen wären, hat er jemandem am Telefon mitgeteilt, dass ich da gewesen bin. Das war der gleiche Tag, an dem uns George später quasi zu Tode geprügelt hat.«

»Wie standen Nadel und deine Mutter zueinander?«

»Sie waren wie Vater und Tochter. Er ist einer ihrer ältesten Kunden. Ich bin praktisch in seinem Laden aufgewachsen.«

»Und trotzdem glaubst du, dass er sie umgebracht hat?«

»Wollen Sie etwa behaupten, dass sich Familienmitglieder niemals gegenseitig umbringen?«

Carlyle rieb sich mit dem Handrücken über die Augen. »Nein, dass will ich nicht.«

Ich dachte an den alten Mann auf dem Boden seiner Werkstatt. Nadel und ich hatten eine gemeinsame Vergangenheit, hatten Tausende von Stunden gemeinsam in der Werkstatt verbracht. Hatte er meine Mutter wirklich einfach so umbringen können? Was war ihm wichtiger gewesen als ihr Leben?

Carlyle sprach weiter. »Nadel starb an Genickbruch und Schlägen auf den Kopf. Er ist zu Tode geprügelt worden. Er war zwar nicht sehr groß, trotzdem ist es schwieriger, jemanden auf diese Art umzubringen, als man gemeinhin glaubt. Wer auch immer das getan hat, muss groß und sehr kräftig gewesen sein. Vorerst ist King George also unser Hauptverdächtiger. Ich werde ihn zur Fahndung ausschreiben, aber du spielst besser keine Spielchen mehr mit mir.«

»Das tue ich nicht.«

Carlyle seufzte. »Sicherlich hast du auch schon eine Theorie, warum Nadel deine Mutter umgebracht hat.«

»Hab ich nicht, aber es gibt noch etwas anderes, das ich

Ihnen zeigen will.« Carlyle folgte mir in die Werkstatt. Ich bat ihn, in den Schrank über der Werkbank zu sehen. Carlyle seufzte erneut und kletterte auf den Tritthocker. Er sah kurz in den Schrank, dann sagte er: »Wie lange wusstest du schon, dass Nadel so etwas hier lagert?«

»Ich habe es erst heute Abend gefunden, aber ich hätte schon viel früher darauf kommen sollen. Zyankali wird neben anderen Chemikalien dazu benutzt, Metalle zu galvanisieren. Es steht schon seit Jahren in Nadels Schrank.«

Carlyle griff in den Schrank und zog eine kleine, braune Flasche mit einem weißen Etikett heraus, auf dem *Kaliumcyanid* stand. Sie sah genauso aus wie die Flasche, die Checker Cab im *Shotgun Shack* gefunden hatte.

»Gibt es noch etwas, das du mir verheimlichst?«

Ich dachte an die Bücher im Auto, verneinte die Frage jedoch.

»Geh nach Hause, Seth. Überlass die Sache uns, okay?«

Ich ging, ohne Carlyle eine Antwort zu geben. Natürlich würde ich nicht nach Hause gehen. Wenn King George wirklich umherradelte und klar Schiff machte, wollte ich nicht riskieren, dass er mich fand.

Stattdessen fuhr ich zu *King's Books.* Der Laden war geschlossen, aber Sweet Pea war noch da und sortierte Stapel gebrauchter Taschenbücher. Er ließ mich in den Laden, wo sich beim Geruch nach Staub und altem Papier unwillkürlich meine Nase kräuselte.

Ich legte Nadels Bücher auf die Theke. Das erste hieß *Ein ausführlicher Bericht der Schlacht von Yorktown von einem beteiligten Soldaten,* von Captain Elliot Black. Das zweite hatte den Titel *Die privaten Geschäfte des George*

Washington, aus den Aufzeichnungen und Erzählungen von Tobias Lear, seinem Sekretär von Stephen Decatur Jr. Sweet Pea nahm die Bücher in die Hand und sagte: »Die sehen ziemlich selten aus. Willst du Bargeld oder soll ich's überweisen?«

»Nichts dergleichen. Ich suche nach dem Mörder meiner Mom, und ich glaube, dass diese Bücher mir dabei helfen können.«

»Und wie?«

»Ich hatte gehofft, dass du mir das sagen könntest. Haben die Bücher irgendetwas gemeinsam?«

»Na klar. Die Schlacht von Yorktown war die berühmteste Schlacht, die von George Washington angeführt wurde. Das war der Wendepunkt des Unabhängigkeitskrieges. Und Tobias Lear war Washingtons persönlicher Sekretär. Meinst du das mit gemeinsam haben?«

»Das ist nicht wirklich das, woran ich gedacht habe. Hat irgendwas davon mit jemandem in Tacoma zu tun?«

»Nein. Das spielt sich alles an der Ostküste ab, in alten, reichen Familien, die ihren Stammbaum bis zur Mayflower zurückverfolgen lassen. Diese Art von Unsinn gibt's hier in Tacoma zum Glück nicht.«

Der Name Lear konnte kein Zufall sein. »Was ist mit Tobias Lear?«

»Was ist mit ihm?«

»Glaubst du, dass er etwas mit den Lears zu tun haben könnte, die hier in der Gegend wohnen?«

»Du meinst diesen Investment-Typen? Den reichen Schnösel?«

»Genau den.« Ich erzählte Sweet Pea von Azura und ihrer Familie – wie ich zum Haus der Lears gefahren war, um eine antike Uhr abzuholen, und dass meine Mom einen Tag später umgebracht worden war. Sweet Pea hörte mir schweigend zu, während seine Augen die Buchrücken in den Regalen scannten, als versuche er, meine Erzählung an der richtigen Stelle einzuordnen.

Als ich fertig war, sagte er: »Ich erzähl dir mal, was ich weiß. George Washington stellte Tobias Lear als Sekretär für seine privaten Geschäfte ein. Aber Lear war ein richtiger Schuft. Einmal wurde er dabei erwischt, wie er das Geld von einem von Washingtons Mietern in die eigene Tasche steckte. Nach Washingtons Tod war Lear im Besitz sämtlicher offizieller und privater Dokumente. Als die anderen Gründerväter um Einsicht baten, überreichte Lear ihnen eine äußerst lückenhafte Sammlung. Tatsächlich hatte er ganze Abschnitte von Washingtons Tagebüchern zerstört. Einige Historiker behaupten, er habe damit wichtige Regierungsvertreter vor einem Skandal bewahren wollen. Denn diese alten Jungs hatten ganz schön was auf dem Kerbholz.«

»Was hat das mit der Schlacht von Yorktown zu tun?«

»Keine Ahnung. Soll ich mich mal schlaumachen?«

»Das wäre toll.«

»Würde dir nicht schaden, es selbst zu machen, du Faulpelz. Warum gehst du eigentlich nicht mehr zur Schule?«

»Ich weiß nicht, ob es noch Sinn macht.«

»Natürlich macht es keinen Sinn. Aber ab und zu muss man halt in den sauren Apfel beißen und sich an Regeln halten. Nur so hast du am Ende 'ne Chance im Leben.«

»Aber es nervt gerade furchtbar.«

»Schule muss nerven. Keiner geht gerne hin. So ist das nun mal.«

Es war bereits neun Uhr und ich war müde. Ich fuhr zu *Frisko Freeze* und kaufte Abendessen für ChooChoo und mich. Zwei Cheeseburger, zweimal Pommes, zwei Butterscotch Shakes. *Frisko Freeze* ist bekannt für leckeres Essen und lange Wartezeiten, und während ich wartete, hielt ich Ausschau nach King Georges Fahrrad. Das lenkte meine Aufmerksamkeit auf die Autos – und die Menschen darin. Mir wurde bewusst, wie unbeteiligt die meisten aussahen. Nicht unbedingt unglücklich. Aber eben auch nicht glücklich. Die Fahrer saßen entweder über das Lenkrad gebeugt oder zusammengekauert auf ihrem Sitz und sahen müde oder gelangweilt drein. Nur ein Auto stach heraus. Ein blauer Subaru voller Teenager bog auf den Parkplatz von *Frisko Freeze* ein. Laute Musik dröhnte durch die heruntergekurbelten Fenster auf die Straße. Drei Jungen und zwei Mädchen sangen lauthals einen Song mit, den ich nicht kannte. Es waren unbekümmerte Highschool-Kids, die ihr Leben genossen.

Als meine Bestellung kam, fand meine einsame Seele Trost in fettigen Pommes und Burger.

Mit ChooChoos Abendessen im Gepäck fuhr ich Richtung Krankenhaus, doch dann erinnerte ich mich an seine Bitte, die Umschläge aus seinem Büro mitzubringen. Ich änderte meine Route und parkte vor dem Boxclub.

Von ChooChoos chaotischem Schreibtisch aus starrte mich das Foto von ihm und meiner Mom an. Ich nahm es und stemmte den Karton auf der Rückseite auf. Ein kleiner

Messingschlüssel fiel heraus. Er passte in das Schlüsselloch der obersten Schreibtischschublade. In der Schublade befanden sich haufenweise Belege und Kontoauszüge. Ich wühlte mich durch die Zettel, bis ich auf eine Kiste mit Briefumschlägen stieß. Ich nahm sie heraus und öffnete sie.

Die Briefumschläge waren blassblau – genau wie die Umschläge, die ich, seit ich denken konnte, einmal im Monat von meinem Vater bekam.

Wie in Trance fuhr ich zum Krankenhaus und versuchte, mir einen Reim auf die Kiste zu machen, die neben mir auf dem Beifahrersitz stand. Als ich das Zimmer betrat, schlief ChooChoo, aber ich rüttelte ihn unsanft an der Schulter und sagte ihm, er solle aufwachen. Er öffnete die Augen und richtete sich dann mit einem leisen Stöhnen auf. Sein Blick fiel auf die Kiste mit den Umschlägen in meiner Hand. Ich stellte wortlos die Burger-Tüte neben sein Bett, aber er rührte sie nicht an, sondern versuchte, sich hinzusetzen.

»Keine Ahnung, ob du das jetzt gut oder schlecht findest.«

»Also hast du mir all die Jahre das Geld geschickt?«

»Ich? Nein.« Er streckte seine große Hand aus und ich reichte ihm die Kiste. »Deine Mom hat mich gebeten, die hier für sie aufzubewahren. Einmal im Monat kam sie zu mir und nahm sich einen heraus. Hat sie erst vor einer Woche oder so wieder gemacht.« Er hielt inne und atmete tief durch, während seine dicken Finger einen Umschlag aus der Kiste herausfummelten.

Ich stand neben ihm und schwieg.

»Willst du dich nich' setzen?«

»Nein.«

»Sicher?«

»Sag's mir einfach.«

»Es tut mir leid, Seth, aber dein Dad hat dir nie irgendetwas geschickt. Es war deine Mom, die ganze Zeit über.«

»Was zum Teufel.« Es war keine Frage.

»Ich dachte, das solltest du wissen.«

»Das ergibt doch keinen Sinn.«

»Für sie schon. Du solltest denken, dass dein Dad sich um dich kümmert. Also hat sie 'n bisschen Geld zurückgelegt und dir jeden Monat kurze Sprüche geschrieben –«

»Die habe ich immer gehasst.«

»Es war nich' einfach für sie, das Geld zurückzulegen. Manchmal musste sie es von mir leihen. Oft hat auch Miss Irene bezahlt.«

Ich nickte und dachte an Miss Eyes Bemerkung, dass sie das gestohlene Geld auf ihre Weise zurückgezahlt hatte. »Haben es alle anderen auch gewusst?«

»Nur wir drei. Jeden Monat hat deine Mom die Umschläge in einem anderen Umschlag zu Freunden in irgendwelchen weit entfernten Städten geschickt.«

»Lass mich raten: St. Louis, Missouri; Pensacola, Florida; und Taos, New Mexico.«

»Kann schon sein. Sie hat die Freunde gebeten, sie an dich zurückzuschicken. Sie dachte, dass du deinem Vater eher verzeihen würdest, wenn du glaubtest, er würde weit weg wohnen.«

»Verdammte Scheiße.« Ich betrachtete die blauen Briefumschläge in ChooChoos Hand. »Also ist mein Dad –«

»Sie hat nie wieder von ihm gehört. Wollte es auch nich'. Aber sie wollte, dass du –«

»Ich hab's kapiert«, log ich.

»Ich dachte, das solltest du wissen.«

»Hast du schon mal gesagt.«

Ich nahm die Kiste mit den übrigen Umschlägen und ging. Auf dem Weg zu Stanley Changs Haus öffnete ich das Fenster und warf sie hinaus. Im Rückspiegel sah ich, wie die Umschläge durch die Luft wirbelten und dann auf dem nassen Asphalt kleben blieben. Ein Auto fuhr darüber und verwandelte das Blassblau in dreckiges Grau.

Das Problem bei toten oder verschwundenen Eltern ist, dass niemand mehr da ist, den man anbrüllen kann.

KAPITEL 25

Als ich am nächsten Morgen aufwachte, stieg mir der Geruch von Kaffee und frisch gebackenen Brötchen in die Nase und lockte mich schließlich aus dem Bett. In der Küche erledigte Miss Irene gerade den Abwasch. Ich war mir immer noch nicht im Klaren darüber, ob ich wütend auf sie sein sollte wegen ihrer Rolle in der Briefumschlagsache. Als ich eintrat, wandte sie sich um und warf mir ein trauriges Lächeln zu.

»Hast du Hunger?«

»Ich könnte eine Kleinigkeit vertragen.«

»Genauso hat es deine Mom auch immer gesagt. Das hast du von ihr. Dieses bescheidene Wesen.«

»Wollen Sie damit sagen, dass ich wie sie bin?«

»Ein bisschen schon. Aber die meiste Zeit bist du einfach Seth.«

Ich riss eins der heißen Brötchen mit den Fingern auseinander und bestrich es mit Butter, während sie mir Kaffee und Milch in meine Tasse goss. »Was hast du vor, wenn du den Mann gefunden hast, der deine Mom umgebracht hat?«

»Sie sagen das so, als hätte ich eine realistische Chance.«

»Natürlich hast du die, Stromer. Du bist einer der cleversten Menschen, die ich kenne.«

»Woher wollen Sie wissen, dass es ein Mann war?«

»Ach Schätzchen, es ist immer ein Mann. Glaub mir. Es ist nur dann eine Frau, wenn ein Mann sie dazu getrieben hat, also war es selbst dann ein Mann. So hat Gott die Männer erschaffen. Sie sind die geborenen Killer.«

»Ich auch?«

Sie lächelte. »Sobald du ein Mann bist, Seth, lass ich es dich wissen.«

»Und was sind Frauen? Geborene Lügnerinnen?«

»Du bist so voller Liebe heute Morgen.«

Mein Handy vibrierte. Es war eine Nachricht von Azura.

Lebst du noch?

Ich schrieb zurück. *Jep.*

Ich vermisse dich. Ich hoffe, dass du mich besuchen kommst.

Ich brauch noch ein paar Tage.

Wir müssen miteinander reden.

Gib mir noch ein bisschen Zeit.

Ich musste sie aus der Sache raushalten, bis alles vorbei war.

Ich melde mich, wenn sich alles aufgeklärt hat.

Ich starrte auf mein Handy, das mir eine ganze Weile lang eine Antwort schuldig blieb. Dann vibrierte es erneut. *Okay, aber ich möchte wirklich mit dir reden.*

Gern, antwortete ich und hoffte, dass wir beiden die gleichen Erwartungen an dieses Gespräch hatten.

Gegen Mittag fuhr ich zu Sweet Pea, aber im Laden war es am Vormittag ungewöhnlich voll gewesen und er hatte noch nichts weiter herausgefunden. Er sagte mir, dass ich gegen Abend wieder vorbeikommen sollte. Ich hatte kein gesteigertes Bedürfnis, am helllichten Tag durch die Gegend zu fahren, wenn King George und seine Kumpanen unterwegs waren und nach mir Ausschau hielten, deswegen verbrachte ich den Nachmittag damit, bei Stanley zu putzen. Ich schuldete Stanley was dafür, dass ich bei ihm wohnen durfte und ihn damit noch größerer Gefahr aussetzte.

Während ich Putzmittel und Wasser mischte und einen Gummihandschuh über die gipsfreie Hand zog, dachte ich daran, wie ernst Mom diesen erbärmlichen Job genommen hatte, jeden Abend aufs Neue, obwohl sie den Rest ihres Lebens als einen riesigen Urlaub zu betrachten schien, inklusive mir. Mit einem Arm schrubbte ich Stanleys Küchenboden und die Badewannen und Toiletten in den zwei Badezimmern. Ich polierte Wasserhähne und Spiegel. Mithilfe von Essig und altem Zeitungspapier befreite ich die Fenster von Dreck und Schlieren. Ich saugte die Teppiche und wischte Staub auf den abgenutzten, dunklen Holzmöbeln. Als ich fertig war, war das Haus immer noch das reinste Chaos, aber immerhin ein sauberes. Es roch scharf nach Putzmitteln.

Gegen kurz nach sieben rief Sweet Pea mich an. »Ich glaube, ich habe etwas herausgefunden. Es ist nicht viel und ich habe keine Ahnung, was es zu bedeuten hat. Willst du trotzdem vorbeikommen?«

Fünfzehn Minuten später stand ich im Buchladen an der Theke, auf die Sweet Pea die beiden alten Bücher gelegt hatte. Ein halbes Dutzend Seiten in jedem Band waren mit gelben Post-its markiert.

»Also, pass auf: George Washington war nicht nur ein verdammt guter Soldat, sondern führte auch ziemlich penibel über alles Buch. Direkt nach der Schlacht von Yorktown gab er eine Übersichtskarte der Schlacht in Auftrag. Sie wurde von einem Franzosen namens Jean Baptiste Gouvion handgemalt und zur offiziellen Aufzeichnung der Schlacht erklärt. Aber Washington ließ Gouvion noch eine zweite Karte anfertigen – eine kleinere, die Washington in der Tasche mit sich herumtragen konnte. Vermutlich zog er diese Karte gerne hervor, um Freunden von der fantastischen Schlacht zu erzählen. Aber nach Washingtons Tod verschwand diese Karte.«

»Okay. Das ist also die Verbindung zur Yorktown-Schlacht. Und was hat das jetzt mit Tobias Lear zu tun?«

»Wie ich dir gestern schon gesagt habe, war Lear Washingtons persönlicher Sekretär und ein richtiger Gauner. Er hat gern mal was mitgehen lassen. Nach Washingtons Tod scheinen einige von dessen persönlichen Dokumenten in Tobias Lears Besitz übergegangen zu sein.«

»Die Karte auch?«

»Das vermuten viele Historiker. Und jetzt pass auf: Der Nachname deiner Freundin ist Lear. Ein ziemlich häufiger Name, aber es gibt nur wenige Lears, die so viel Geld haben wie deine. Und rat mal was noch.«

»Was?«

»Ich habe eine Internetsuche über Tobias Lear durchgeführt und bin auf den Artikel hier gestoßen.« Sweet Pea deutete auf seinen Computerbildschirm. Die Seite nannte sich *Frobisher Auction News.* Die Überschrift lautete: »Neuer Rekord bei Versteigerung des Lear-Olmstead-Nachlasses.«

»Du brauchst nicht alles zu lesen«, sagte Sweet Pea. »Scroll mal runter bis … genau … hier.« Er deutete mit dem Finger auf einen bestimmten Paragrafen. Ich begann zu lesen:

> Im Dezember letzten Jahres wurde eine Scheune auf dem Grundstück der Olmsteads an ein Familienmitglied verkauft. Die Scheune enthielt eine große Sammlung an Möbeln und Dokumenten. Ein Großteil davon wurde letzten Samstag versteigert. Nennenswerte Stücke, die an andere Familienmitglieder der Olmsteads und Lears verteilt wurden, waren unter anderem eine Sammlung aus Tafelsilber, ein Stapel persönlicher Briefe von Tobias Lear und eine große Wanduhr.

»Ich habe eine Uhr bei den Lears abgeholt. Nadel hat sie repariert.«

»Das hast du mir schon erzählt. Es muss sich um die gleiche Uhr handeln. Das kann kein Zufall sein.«

»Aber du hast nichts von einer Uhr erzählt. Du redest die ganze Zeit von einer Karte.«

»Stimmt. Aber immerhin haben wir eine Verbindung hergestellt. Deine Lears müssen irgendwie mit den Lears von der Yorktown-Schlacht verwandt sein. Und die Karte wird ganz am Schluss noch erwähnt, hier.« Wieder las ich mir den Paragrafen durch, auf den er zeigte.

> Auf der Auktion vermisst wurde Washingtons persönliche Karte der Schlacht von Yorktown. Man nahm lange an, dass sich die Karte im Besitz eines Angehörigen der Lear-Familie befindet, doch bis heute bleibt die Karte verschwunden. Würde sie eines Tages auf einer Auktion versteigert werden, würde sie mit Sicherheit erneut einen Rekord aufstellen.

Plötzlich wurde mir schwindlig. Ich hielt mich an Sweet Peas Theke fest, um nicht umzufallen. »Ich glaube, ich habe die Karte schon mal gesehen.«

KAPITEL 26

Ich hatte vor, alleine zu Nadels Laden zu fahren, aber Sweet Pea wollte mich nicht gehen lassen, bevor ich nicht Carlyle informiert hatte. Der müde Cop schien verärgert und kaum interessiert, bis ich ihm sagte, dass ich so oder so in den Laden ging, ob er nun mitkam oder nicht.

»Das ist Hausfriedensbruch, Seth«, brummte Carlyle schläfrig ins Telefon. »Das ist eine Straftat.«

»Ich breche nicht ein. Ich habe einen Schlüssel. Bis gleich.«

Ich parkte den Pick-up in einer Seitenstraße und betrat den Laden durch die Hintertür. Dann machte ich das Licht an. Die Werkstatt sah immer noch so chaotisch aus wie gestern, als ich Nadels Leiche gefunden hatte. Dieser Ort wurde von Metall und Holz beherrscht, nicht von Papier. Furniere, Sprungfedern, Zahnräder, Kabel, Zangen, Dioden, Spulen, Motoren, Ketten, Beize und Farbe waren wie wild über den Boden verteilt. Ich ließ meinen Blick durch den Raum schweifen auf der Suche nach dem vergilbten, verknitterten Stück Papier, das ich nur einen kurzen Augenblick vor ein paar Tagen gesehen hatte, als die ganze Sache ihren Anfang nahm.

Eine Viertelstunde lang suchte ich vergeblich, dann ging ich nach vorn in den Laden. In der Stille des Abends kam mir der vom Ticken der Uhren erfüllte Raum geradezu unheimlich vor. Wo würde Nadel eine Karte verstecken, wenn er sie überhaupt hier versteckt hatte?

Die Karte war ursprünglich im Innern einer Uhr gewesen, und vielleicht steckte sie jetzt wieder im Innern einer der über hundert Uhren an der Wand und in den Regalen. Jede der Uhren hatte ein Gehäuse. Aber mit welcher sollte ich anfangen? Ich könnte mich von Uhr zu Uhr durch den Laden arbeiten, doch das würde die ganze Nacht dauern.

Dann fiel mir ein, dass die Karte der Grund dafür gewesen war, warum die Uhr der Lears nicht funktioniert hatte. Also suchte ich den Raum nach einer Uhr ab, deren Pendel stillstand. Es dauerte etwas, doch nach einer Weile wurde ich tatsächlich fündig – bei einer kastenförmigen Pendelwanduhr, die aussah, als hätte man sie vor etwa hundert Jahren in einem Kramladen einer Kleinstadt gekauft. Nadel hatte sie mir einmal gezeigt. Es war eine wertlose alte Hermle und die erste Uhr, die Nadel jemals repariert hatte. Als sie wieder lief, bot er dem Kunden an, sie ihm für fünfzig Dollar abzukaufen. Seitdem hing sie in seinem Laden und tickte fröhlich vor sich hin. Jetzt jedoch tickte sie nicht. Das Pendel stand still.

Ich war gerade dabei, sie von der Wand zu heben, als ich hörte, wie sich die Tür in der Werkstatt öffnete und wieder schloss.

»Ich bin im Laden, Carlyle«, rief ich.

»Bist du das, mein Mann?«, sagte eine tiefe Stimme. Ich hoffte inständig, dass ich falschlag, was den Besitzer betraf.

»Wer ist da?«

»Walt Disney.« King George trat durch die Tür und lächelte. »Willkommen in Disneyland.«

»Hey George«, sagte ich und versuchte, das Zittern in meiner Stimme zu unterdrücken. »Ich wusste, dass wir uns irgendwann wiedersehen würden.«

»Du kannst deine Nase einfach nicht aus anderer Leute Angelegenheiten raushalten«, sagte er und kam hinter der Theke hervor.

»Es *ist* meine Angelegenheit«, erwiderte ich. »Meine Mom wurde umgebracht.« Ich baute mich vor ihm auf, als wären wir im Boxring. Er trat auf mich zu und ich tänzelte im Kreis, ihm aus dem Weg. Die Uhren tickten rhythmisch im Hintergrund.

»Kann sein, dass ich dich gleich umbringe, aber deine Mom hab ich nicht auf dem Gewissen. Das war Nadel. Du solltest mir danken, dass ich dich gerächt habe. Ich sollte dir eine Rechnung schicken.«

»Und warum bist du jetzt hinter *mir* her?« Ich musste King George in ein Gespräch verwickeln, bis Carlyle hier auftauchte, und ich musste dafür sorgen, dass seine Hände nicht in die Nähe meines Halses kamen.

»Du bist mir im Weg. Du stehst zwischen mir und der Karte.«

»Dir geht es also auch um die Karte?«

»Allen ging es um die Karte. Deswegen ist deine Mom jetzt tot.«

»Das habe ich mir schon gedacht.« Ich schielte Richtung Schaufensterscheibe in der Hoffnung, Carlyles Wagen vorfahren zu sehen. »Als Nadel die Karte aus der Uhr der Lears gezogen hatte, nahm er an, dass es sich bloß um ein altes Stück Papier handelte, und warf sie weg. Wahrscheinlich hat meine Mom die Karte beim Putzen gefunden und sofort erkannt, dass sie wertvoll ist. Sie war weiß Gott keine Heilige, doch in diesem Fall hat sie bestimmt darauf bestanden, dass Nadel sie dem Besitzer zurückgibt. Aber Nadel war geldgierig. Und da die Karte in einem alten Familienerbstück der Lears steckte, konnte er sich denken, dass sie ein Vermögen wert war. Meine Mom war die einzige Person, die wusste, dass er die Karte besaß. Also vergiftete er sie mit dem Zyankali aus dem Chemikalienschrank. Wie genau, weiß ich nicht. Dann hat er sie zu ChooChoo zurückgefahren und ihre Leiche im Auto gelassen. Habe ich recht?«

»Nicht schlecht, Sherlock. Er hat ihr eine Tasse Tee gemacht. Sie musste nicht viel davon trinken.«

»Eine Tasse Tee? Das hätte ihr gefallen. Also hat er es tatsächlich getan. Hat Moms Leben ausgelöscht für ein altes Stück Papier.«

»Ich hab ihm gesagt, dass es vollkommen idiotisch war, sie umzubringen. Er hätte sie beteiligen sollen, damit sie den Mund hält – du sagst ja selbst, sie war keine Heilige. Aber er hatte kein Risiko eingehen wollen. Der alte Narr hat angenommen, dass nur deine Mom zwischen ihm und der Karte stehe.«

»Also ist sie vollkommen grundlos gestorben?«

»Der Grund ist, dass er Panik gekriegt hat. Das passiert manchmal, wenn es um eine Million Dollar geht.«

»Eine Million Dollar! Das ist also die Summe, die ihm meine Mutter wert war.«

»Bist du jetzt fertig mit dem Gelaber?«

»Nein. Ich nehme an, dass Nadel nervös wurde, als die Polizei und ich angefangen haben, Fragen zu stellen. Also hat er dich dafür bezahlt, dass du die Spur auf Miss Irene lenkst und mich loswirst. Darüber habt ihr zwei euch unterhalten, als ich euch zusammen im *Shotgun Shack* gesehen habe. Dann hast du eine der Zyankaliflaschen im Vorratsraum des *Shotgun Shack* versteckt, wo Checker Cab sie auf jeden Fall finden würde. Und du hast mich verprügelt, um mich abzuschrecken. Jetzt bin ich fertig.«

»Nadel ist nicht zu mir gekommen, sondern ich zu ihm. Auf dem Weg zum Boxclub hat er mich fast mit dem Jeep überfahren. Tja, zu dumm, dass ich gesehen habe, dass er am Steuer saß. Darüber haben wir uns im *Shotgun Shack* unterhalten. Dass ich wusste, dass er sie umgebracht hatte. Dass ich wissen wollte, warum. Und dass ich bezahlt werden wollte. Doch der verdammte Geizhals hat sich geweigert, mir Geld zu geben.«

George dehnte seine Finger. »Der alte Mann brauchte ein bisschen Überzeugung. Aber schließlich hat er mir von der Karte erzählt. Und mit noch ein bisschen mehr Überzeugung hat er mir auch erzählt, wie viel er dafür kriegen könnte. Er hat mir fünf Prozent versprochen – also fünfzigtausend, wenn er sie für eine Million verkauft bekommt, was er durchaus für wahrscheinlich hielt. Er meinte, er hätte Beziehungen. Antiquitätenhändler und so.« King George trat langsam zwei Schritte auf mich zu.

»Aber *du* hast keine Beziehungen – zumindest nicht zu dieser Art von Käufern«, sagte ich und tänzelte von ihm weg. »Wie willst du denn jetzt die Karte verkaufen, nachdem du Nadel umgebracht hast?«

»Ich bin nicht so ein Idiot wie du«, grummelte er mit noch tieferer Stimme als sonst. »Ich habe dafür gesorgt, dass er mir die Namen nennt, bevor ich das Leben aus ihm rausgeprügelt habe. Der dumme alte Mann dachte, er hätte mich unter Kontrolle, weil ich noch so jung bin. Aber mich hat niemand unter Kontrolle. Ich bin der King.«

»Das sagtest du bereits.«

King George trat erneut einen Schritt auf mich zu. Ich wich zurück und nach rechts, war ihm aber immer noch zugewandt. »Trotzdem kapiere ich nicht, wie du die Karte verkaufen willst. Diese Karte ist berühmt. Sobald der Verkauf öffentlich bekannt wird, schnappt man dich.«

»Nicht alle Verkäufe werden bekannt«, erwiderte er und rückte ein paar Zentimeter näher. »Manche Menschen mögen es einfach, Dinge zu besitzen.«

»Jetzt musst du nur noch die Karte finden. Als du das letzte Mal hier gesucht hast, hattest du jedenfalls kein Glück.«

»Woher weißt du das?«

»Weil du zurückgekommen bist.«

»Weißt du, wo sie ist?«

»Vielleicht.«

»Wenn du schlau bist, erzählst du es mir sofort. Wenn du dumm bist, erzählst du es mir schon noch früh genug.« George kam einen weiteren Schritt auf mich zu. Er war jetzt so nah, dass ich die Adern an seinem massigen Hals pulsieren sehen konnte.

»Egal wie, am Ende bringst du mich ja doch um, oder? In diesem Fall behalte ich das Geheimnis lieber für mich.«

»Tust du nicht. Ich quetsch es aus dir raus. Wie Zahnpasta aus der Tube.«

Ich war ein Dummkopf. Aber wenn ich schon sterben musste, dann wollte ich wenigstens ein Zeichen setzen. Also trat ich auf George zu und schlug ihm mit der unversehrten Hand mit aller Macht ins Gesicht. Der lange, geschwungene Seitwärtshaken traf ihn auf die Nase. »Der war für ChooChoo«, sagte ich.

King Georges Zunge tastete über das Blut, das ihm aus der Nase über die Lippen lief. Doch er wischte es nicht weg, sondern ging in Position und begann, mich in eine Ecke des Ladens zu drängen. Ich sah mich nach einer Waffe um, doch außer Uhren gab es nichts. Ich nahm eine kleine, schwere Kaminuhr aus dem Regal und warf sie nach King George. Er wehrte sie mit der Hand ab und machte einen weiteren Schritt auf mich zu. Ich griff nach einer mannshohen Standuhr und kippte sie in Georges Richtung. Sie zerschellte zu seinen Füßen und das Geräusch von zerbrechendem Glas und klirrenden Uhrenteilen drang durch die Nacht.

Ich nahm eine weitere Uhr von der Wand und wollte sie gerade auf George werfen, als ich sah, dass es die Hermle war. Ich hob sie hoch über meinen Kopf.

»Das bringt doch nichts, Seth«, knurrte George. »Ich bring dich so oder so um.«

Ich ließ die Hermle vor meinen eigenen Füßen auf den Boden krachen. Das Glas zersplitterte und das hölzerne Gehäuse brach auf. Zwischen dem Uhrwerk lag ein rechteckiges Stück vergilbtes, zerknittertes Papier. Die Karte. Meine Hand schoss nach unten und hob sie auf.

»Du hast nicht daran gedacht, in die Uhren zu sehen.«

George erstarrte. Das Einzige, was sich noch an ihm bewegte, waren seine Augen. Sie folgten jeder Bewegung meiner Hand.

»Ich schwöre dir«, sagte ich, »dass ich das Ding in Stücke

reiße, wenn du noch einen Schritt auf mich zumachst. Ich mach Konfetti draus.«

»Und ich mach Konfetti aus *dir.*« Er bedachte mich mit einem ziemlich unhöflichen Wort.

»Bring mich um. Aber es wird dir nicht helfen.«

Er trat einen Schritt auf mich zu, aber als ich Anstalten machte, die Karte zu zerreißen, wich er wieder zurück. Er starrte mich wütend an, dann sackten seine Schultern zusammen. »Wie viel willst du? Ich geb dir fünf Prozent. Als Finderlohn. Mit Fünfzigtausend kann ein Milchbubi wie du 'ne Menge anfangen.«

»Du bist nicht viel älter als ich, George. Und du würdest mir niemals auch nur einen Cent zahlen.«

»Sag mir einfach, was du willst. Wir finden schon 'ne Lösung.«

Während er sprach, sah ich, wie Carlyles Auto vor dem Laden parkte. George bemerkte es ebenfalls. Ich konnte förmlich sehen, wie sich die Erkenntnis langsam in seinen Augen widerspiegelte. »Ich sag dir, was ich will«, erwiderte ich, »sobald ich es selbst herausgefunden habe.«

George drehte sich zur Ladentür und griff in die Innentasche seiner Jacke. Carlyle trat die Tür auf und schoss King George in die Brust.

KAPITEL 27

Nachdem ich das mit der Karte herausgefunden hatte, hatte ich die romantische Vorstellung gehabt, dass ich sie den Lears persönlich zurückgeben würde. Von da an gab es zwei mögliche Szenarien. Entweder boten mir die Lears eine halbe Million Dollar an, weil ich ihnen ihr Erbstück wiederbeschafft hatte, und ich hätte das Geld angenommen. Ich konnte es schließlich gebrauchen. Und wer hatte schon etwas gegen eine halbe Mille extra einzuwenden?

Oder aber Mr Lear bot mir einen Haufen Geld an und ich lehnte ab. Mir fiel kein wirklich guter Grund dafür ein, außer der sehr gekünstelte Gedanke an einen weißen Ritter – sauber zu sein in einer dreckigen Welt. Aber niemand ist sauber. Ich bin es jedenfalls nicht. Vielleicht zählte auch eher der Versuch als der Erfolg.

Keines der beiden Szenarien trat ein. Carlyles Schuss hatte King Georges Herz nur knapp verfehlt. George überlebte und würde früher oder später vor Gericht kommen. Carlyle meinte, dass man ihn vielleicht sogar nach Erwachsenenstrafrecht verurteilen würde. Die Karte wurde als Beweismaterial konfisziert und würde irgendwann Mr Lear zurückgegeben werden. Als ob er noch mehr Wertgegenstände bräuchte.

Gegen Mittag des nächsten Tages kehrte ich in Nadels

Laden zurück. Vorder- und Hintereingang waren mit Absperrband gesichert, aber das einzige wirkliche Hindernis an der Hintertür war ein Schloss, zu dem ich einen Schlüssel besaß. Ich schloss auf und suchte nach der Uhr der Lears. Sie lief wie am Schnürchen. Im Grunde war sie niemals wirklich kaputt gewesen. Ich packte sie in ihre ursprüngliche Kiste und verließ den Laden wieder.

Ich nahm an, dass ich mit der Uhr die größten Chancen hatte, zu Azura vorgelassen zu werden. Ich hatte ihr zwar gesagt, dass ich sie nicht mehr sehen wollte, bis die Sache vorbei war, aber sie war mir die ganze Zeit über nicht aus dem Kopf gegangen. Jetzt, da Nadel tot und George verhaftet war, konnte ich mich endlich wieder um die Dinge kümmern, die wirklich wichtig waren.

Während ich in Moms Jeep zum Haus der Lears fuhr, dachte ich noch einmal darüber nach, ob Azura und ich überhaupt eine Zukunft zusammen haben konnten. Was bedeutete es schon, dass wir aus zwei unterschiedlichen Gegenden stammten? Wir lebten in derselben Stadt. Wir empfanden beide Schmerz. Wir empfanden beide Freude. Und vielleicht waren wir ja auch beide verliebt.

Ich war seltsam nervös, als ich in der Auffahrt parkte. Ich betrachtete mich noch einmal im Rückspiegel, dann stieg ich aus und trat mit der Uhr unter dem Arm auf die Veranda. Das Latino-Dienstmädchen öffnete die Tür. Sie sah freundlicher aus als das letzte Mal. »Ja bitte?«

»Ihre Uhr. Sie erinnern sich?«

»*Sí.* Ja. *Gracias.* Schulden wir Ihnen irgendwas?«

Ich grinste. Ich konnte nicht anders. »Ich glaube kaum. Ist Azura zu Hause?«

»Ja. Sie ist nach Hause gegangen.«

Ich runzelte die Stirn.

»Nach Kalifornien. Sie ist nach Kalifornien gegangen. Zu ihrer Mama.«

»Wirklich?«

»Ja. Das ist gut, nicht wahr?«

Ich stand da, ohne etwas zu sagen. Schließlich nickte ich und ging wortlos zurück zum Wagen.

Ich fuhr zum *Guinevere's* und bestellte bei dem männlichen Barista hinter der Theke mit knappen Worten einen Cappuccino zum Mitnehmen. Plötzlich tauchte Nikki mit einem Küchentuch in der Hand hinter mir auf. »Was geht, Süßer?«

»Nicht viel.«

»Wann kommst du zurück in die Schule?«

»Vermutlich am Montag. Oder auch nicht.«

»Bist du wieder traurig? Das einzige Mal, dass du hier mit einem Lächeln reingekommen bist, war zusammen mit deiner reichen Freundin.«

»Sie ist weg.«

Nikki sagte nichts, aber ich glaubte, eine Spur Mitgefühl in ihrem Gesichtsausdruck zu erkennen.

»Ich habe gerade erst herausgefunden, dass sie nach Kalifornien zu ihrer Mutter gezogen ist.«

»Echt? Scheiße. Zu blöd, dass Mama nicht in Tacoma wohnt. Ohne das ganze Geld wäre dieses Mädchen möglicherweise genau das gewesen, was du brauchst.«

Ja, möglicherweise wäre sie das gewesen. »Ich dachte, *du* bist genau das, was ich brauche«, erwiderte ich.

»Stimmt.« Nikki zwirbelte das Küchentuch in ihrer

Hand. »Aber ich bin mir nicht sicher, was *ich* brauche.« Sie stellte sich auf die Zehenspitzen, streifte meine Wange mit ihren perfekten Lippen und verschwand dann hinter der Theke.

Ich brachte den Cappuccino zum Krankenhaus, aber als ich ins Zimmer kam, schlief ChooChoo. Ich stellte den Becher auf den Tisch neben seinem Bett, obwohl der Schaum verschwunden und der Kaffee kalt sein würde, wenn ChooChoo aufwachte.

Dann fuhr ich die wenigen Blocks vom Krankenhaus zum *Shotgun Shack*. Shantay nahm lächelnd meine Bestellung auf – frittiertes Hühnchen, rote Bohnen, Cajun-Reis. Alles in allem schien sie eine ganz vernünftige Kellnerin zu sein.

»Bist du das, Seth?«, rief Miss Irene aus der Küche, als sie meine Stimme hörte. »Komm nach hinten, Stromer, und hilf mir bei den Bestellungen.«

Ich ging in die Küche, in das Reich der Ölspritzer und Mehlflecken. Ich wusch mir die Hände und machte mich an die Arbeit.

Vorsicht!

Hochspannung in Serie!

Alice Gabathuler

Lost Souls Ltd. – Band 1
Blue Blue Eyes

288 Seiten · Broschur
ISBN 978-3-522-20204-6 e book

Lost Souls Ltd. – So nennt sich die Untergrundorganisation um den jungen Fotografen Ayden, den kaputten Rockstar Nathan und den charmanten Verwandlungskünstler Raix. Sie alle haben als Opfer von schweren Verbrechen überlebt und dabei einen Teil ihrer Seele verloren. Nun verfolgen sie nur ein Ziel: Jugendliche in Gefahr aufzuspüren und zu versuchen, sie zu retten. Dabei kämpfen sie gegen Entführer, Mörder, das organisierte Verbrechen – und gegen die Dämonen ihrer Vergangenheit.

Alice Gabathuler
Band 2: Black Rain

288 Seiten · Broschur
ISBN 978-3-522-20205-3 e book

Alice Gabathuler
Band 3: White Sky

288 Seiten · Broschur
ISBN 978-3-522-20206-0 e book

Alice Gabathuler
Band 4: Red Rage

304 Seiten · Broschur
ISBN 978-3-522-20207-7 e book

THIENEMANN
Wir schreiben Geschichten!

www.thienemann-esslinger.de